しろ卯 Shiro U

庫

https://www.alphapolis.co.jp/

序章

怪異が、各地を襲っていた。

「姫様！　お逃げください！」

日が沈みゆく山の中。紅葉に染まる細道を、少女は裾(すそ)をたくし上(あ)げて走る。笠(かさ)も杖(つえ)も、逃げる途中で、どこかに置き去りにしてきた。

少女の名は睡蓮(すいれん)。金川(かねがわ)の地を治める大名、加々巳秀正(かがみひでまさ)の娘だ。齢(よわい)十二。三つ上の兄、秀兼(ひでかね)が無事に初陣(ういじん)を遂(と)げられるよう、奥山の神社へ詣(もう)でた、その帰り道のこと。

連れてきた護衛のほとんどは、妖(あやかし)の足止めに残った。彼女を護(まも)るため、共に山を下ってきた護衛は、もう一人しか残っていない。

共に逃げようと返しかけた声を、睡蓮は既(すんで)のところで呑み込む。

たとえこの場を生き延びたとしても、彼女が命を落とせば、護衛たちは腹を切らなければならない。彼らが生き続けるには、睡蓮が逃げ延びることが絶対条件だ。

「どうか無事で」

切なる祈りを残し、睡蓮は足を急がせる。

然して進まぬうちに、後ろでどさりと音がした。思わず振り返ると、視界が黒い影で覆われる。

「あ……」

睡蓮とて、多少なりとも武芸の心得はあった。

だが鍛え抜かれた武士たちですら、歯が立たぬ相手。立ち向かう術も、逃れる術も、彼女にあろうはずがない。

黒く禍々しい塊は、人というには大きい。頭には二本の長い角。背に生える黒い翼は、蝙蝠のものか。振り上げられた手には、長く鋭い爪が、鈍く光る。

その正体は、蝙蝠夜叉。本来ならば、子を護り慈しむ、優しい鬼。それが理性を失い、人を襲っていた。

睡蓮は悲鳴を上げるどころか、目を瞑ることさえ忘れて、迫る黒い爪を見つめる。

ここで命を終えるのだ――。そう思った途端、恐怖が消え、心が凪ぐ。

けれど、彼女の命が途絶えることはなかった。蝙蝠夜叉と睡蓮の間に、別の黒い影が現れたから。

黒い狩衣姿の、公家風の男。真っ黒な髪は、油で整えるどころか、結ってさえいない。

ちらりと、男が睡蓮を振り返る。

公家の装いとは不釣り合いな、野性味のある整った顔立ち。武家の装いのほうが似合いそうだ。

切れ長の目に埋まる瞳は、燃えるように染まる紅葉よりもなお赤い。

呆然と見つめる睡蓮を映しながら、赤い瞳は哀しみを湛えて揺れる。触れれば火傷しそうなほど鋭い眼差しなのに、今にも落葉しそうだ。そんな危うさを、睡蓮は抱く。

だが彼もまた、人ではなかった。

頭に生える一本の角。耳は尖り、黒い毛が覆う。腰の少し下に意識を向けると、獣の黒い尾が揺れる。

鬼と狼の血を引く、狼鬼。恐れるべき存在。

なのに、睡蓮は彼の赤い瞳に、懐かしさを覚えた。

「懐に、何を入れている?」

縋るように震える、ためらいがちな声。報酬の要求だと思った睡蓮は素早く返す。

「今の手持ちはわずかですが、お礼ならいたします。どうか、お助けくださいませ」

「そうではない」

狼鬼は首を横に振る。

「匂いがする」

「匂い?」

問うた睡蓮に、答えは返ってこない。蝙蝠夜叉が狼鬼を裂こうと、腕を振り上げ、振り下ろしたのだ。

鋭い爪が、夕闇に残るわずかな光を反射して、赤く光る。

蝙蝠夜叉に顔を戻した狼鬼の表情は、悲愴感に溢れていた。

「荒ぶる神よ。安らかに眠り給え」

黒い刃が閃く。

蝙蝠夜叉が悲鳴を上げ、黒い灰となって崩れる。風に吹かれた灰が、蛍のように輝き、空に昇っていった。

妖の最期とは思えない、美しい光景。

睡蓮は空を見上げて見惚れてしまう。しかし呻き声を耳にして、我に返る。見ると、狼鬼が膝を突いて蹲っていた。

「お怪我を?」

心配して駆け寄る睡蓮の胸元に、狼鬼が手を伸ばす。

思わず後退った睡蓮だったが、狼鬼の反応を見て、勘違いをしたらしいと気付く。

「これ、でしょうか?」

懐から取り出したのは、守り袋。

中に入っているのは、一寸ほどの木の葉だ。かつて睡蓮が育てようとして、冬を越せずに枯らしてしまった木から採った。

植物は香りを放つ。睡蓮には分からないけれど、嗅覚に優(すぐ)れた者であれば、何か感じるのかもしれない。

狼鬼は睡蓮の手の内にある守り袋を、指先で優しく撫(な)でる。その顔は、泣きそうに歪(ゆが)んでいた。

睡蓮にとって、その葉は大切な思い出の品だ。

けれど、命を助けてもらった相手。

「よろしければ、お礼に」

差し上げますと続けるはずだった言葉は、途切れた。道の向こうから、睡蓮を呼ぶ声が聞こえたから。

「ここです！　無事です」

声を張ってから、改めて狼鬼に渡そうと顔を戻す。しかしすでに、狼鬼の姿はなかった。

辺りを見回しても、人影は見つからない。草が揺れる音がして、顔を向ける。草むらにいたのは、黒い狼(おおかみ)。怪我をしているのか、ゆっくりとした足取りで、山の奥へ戻っていく。

「姫様！　御怪我はございませんか？」

「大丈夫よ。妖は討たれたわ。お公家様に助けていただいたの。どこかへ行ってしまわれたけれど。他の者たちは無事かしら？」

狼鬼のことを隠したのは、護衛たちに心配させないため。

「死者はございません。早く戻りましょう」

「そうね」

皆、どこかに怪我を負っていたが、歩けないほどではない。

睡蓮は護衛たちと共に、山を下っていった。

一章

加々巳家の屋敷では、宴(うたげ)が開かれていた。戦に勝った、祝いの宴だ。冬の寒さも忘れるほど賑やかな声は、屋敷の外にまで響く。

けれど睡蓮の心に、喜びの感情はない。屋敷の西奥にある万両殿(まんりょうでん)で、彼女は目の前の光景を、ぼんやりと眺める。

長く艶(つや)やかな黒髪を後ろに垂らし、小袖の上に打掛(うちかけ)をまとって座る十四歳の少女は、まるで人形のよう。

彼女の虚(うつ)ろな黒い瞳は、板張りの床に敷かれた、茵(しとね)を映す。

横たわるのは、睡蓮より三つ上の兄。加々巳家の長男、秀兼だ。体中に白い布を巻かれて、ぴくりとも動かない。

今日の昼前ごろのこと。戦に出ていた加々巳家の者たちが凱旋(がいせん)した。深手を負っていた秀兼は、板に乗せられたまま、万両殿に運び込まれる。助からないであろうことは、誰の目にも明らかだった。

秀兼は、もうじきこの世を去ってしまう。

その現実を、睡蓮は受け入れられずにいる。頭の中は真っ白で、どう行動すればいいのかさえ、考えられなかった。

不意に、潮の香が通り抜ける。

屋敷の西方にある、黒く荒れた西海から、風に運ばれてきたのだろうか。それとも少女の頬を伝い落ちた、一筋の涙がもたらす残り香だろうか。

床に小さな染みが広がり、消えていく。

「秀兼！　どうして秀兼がこのような……」

二人の母であるお万の方は、秀兼に縋りついて泣いていた。次女の菊香も、母と同じく兄の体に縋って涙に咽ぶ。

悲しみを隠すことのない母娘の姿は、女中たちの涙まで誘う。若い女中たちは目元に袖を当てて、涙を拭った。

そんな中にあって、秀兼に触れることもなく、無表情でただ座っている睡蓮は、異様に映ったのかもしれない。彼女の様子に気付いたお万の方が、瞠った目を吊り上げる。

「兄が死の縁にいるというのに、なんと情のない娘！　お前が秀兼の代わりになればよいのに！」

叫び声は槍の穂先のように鋭く、睡蓮の胸を突き刺す。

見かねた女中たちが、慌ててお万の方を諌めたが、お万の方は止まらない。睡蓮を親の仇でも見つけたかのように睨みつけ、声を張り上げ続けた。

母からの思わぬ叱責に、睡蓮の心は凍えていく。

違うのだと、誤解なのだと訴えたくても、唇はわななくばかりで、言葉が出てこない。

周りを見回すと、菊香も涙で濡れた顔を向けて睡蓮を睨んでいた。女中の中にも、軽蔑を含んだ眼差しを向けている者がいる。

「ちが、う。私は」

「何が違うというのです？　出ていってちょうだい！」

激昂したお万の方の、金切り声が響く。

睡蓮は膝前に両手を突いて、首を垂れた。

苦しむ兄の傍で母を怒らせたことを、申し訳なく思う。そして秀兼にも、自分が彼の死を悲しまない、非情な妹だと思われたのだろうかと、悲しくなった。

唇を噛んで頭の中を駆け巡る激情を抑え込むと、睡蓮はゆっくりと言葉を紡ぐ。

「母上様、ご不快な思いをさせて、申し訳ありませんでした」

そして睡蓮は立ち上がった。

敷居をまたいだところで、影を縫い留められたかのように、彼女の足が止まる。振り返ると、秀兼の悲しげな瞳が、目に飛び込んできた。

もう声を出す力も残っていなかった秀兼の唇が、微(かす)かに動く。

「睡蓮」

そう呼んでくれた声が、睡蓮には聞こえた気がした。

「兄上様」

目蓋(まぶた)に溜まっていた涙が、溢れ落ちる。

歯を食いしばり、秀兼から視線を切ると、睡蓮は背を向けて歩き出す。そして、家の者たちに気付かれないよう、そっと裏庭に出た。

睡蓮は人目を避けながら、屋敷の裏手に回った。

ご正室であるお梅(うめ)の方が暮らす紅梅殿(こうばいでん)を過ぎ、屋敷と山の間にある、水堀まで出る。そのまま堀に沿って進むと、小さな鳥居に辿(たど)り着(つ)いた。

鳥居の前で一礼して潜(くぐ)った睡蓮は、杉の一枚板を渡しただけの、しなる橋を渡る。先には、人一人が通れるほどの細道。山の麓(ふもと)から上に延びているが、城には通じていない。

行き着いた先には、小さな祠(ほこら)が在った。

御神体は、白い卵形をした、二尺ほどの丸石。加々巳家の先祖が、龍神から賜(たまわ)ったと伝わる、宝珠だ。注連縄（しめなわ）が巻かれ、恭（うやうや）しく祀（まつ）られている。

しかし大層な伝承とは裏腹に、詣（もう）でる者はほとんどいない。

当主である秀正さえ参詣しないのだから、どのような扱いをされているかは、お察しであろう。

それでも道が今も残り、祠が小奇麗なのは、睡蓮が手入れをしてきたからだ。幼いころに偶然この祠を見つけてから、彼女は毎日のように詣でている。

祠の前に膝（ひざ）を揃えて座った睡蓮は、手を合わせた。

「どうか兄、加々巳秀兼をお助けくださいませ。この身はどうぞ、御自由に使ってくださって構いません。ですからどうか、兄をお助けくださいませ」

祈り終えると、細道を下る。鳥居を潜り出るなり踵（きびす）を返し、退出と参入の礼。そして再び鳥居を潜り、橋を渡って細道を上った。

医者が匙（さじ）を投げたのだ。神仏に縋（すが）る以外に、秀兼を救う術（すべ）があるだろうか。

睡蓮は秀兼が助かるようにと願いながら、お百度を踏む。

日が落ち、辺りが暗くなっても、祈りは終わらない。足は疲れ、寒さが身に染みた。

草をむしっただけの、急な斜面。暗くなれば、通い慣れていても足を取られる。

睡蓮は幾度も転んで、手や膝を擦（す）りむいた。草履（ぞうり）の鼻緒が切れてからは、裸足（はだし）になって歩き続ける。

足の裏は血が滲み、体中に痣や傷が浮かぶ。立とうとすると、足の裏や膝を中心に、全身が痛んだ。それでも零れた呻き声を噛み殺し、足を前に動かす。

星が瞬く夜空の下。睡蓮は祈り続けた。

「どうか、兄をお救いくださいませ」

どれだけの時間が経ったのか。

寒さと疲労、眠気が、睡蓮の体に重石となって伸し掛かる。

景色が幾重にも重なって見えた。自分の祈る声さえも、遠くに聞こえる。それでも睡蓮は、祈ることをやめない。

「どうか、兄上様を……」

歪む視界。虚ろな意識。

睡蓮の体が、ぐらりと揺れた。

縋るように伸ばされた指先は、祠の中へ落ちていく。指先が丸石に触れ、注連縄が、ぽとりと落ちた。

白い靄が、祠の周りを覆う。

どこから現れたのか。白い衣を着た男が、睡蓮を見下ろしていた。

袴も付けぬ着流しの小袖も、腰に巻いた布帯も、混じりけのない白。男の髪までもが、雪に晒した絹糸のように、白く艶やかだ。

恐ろしいほどに整った顔立ちは、蛇を思わせる、白い鱗で覆われていた。埋め込まれた瞳は、赤い柘榴石。

「かようになるまで祈り続けるとは、愚かな」

男は膝を折ると、意識を失い倒れていた、睡蓮の手を取る。

何度も転び、地面に突いた少女の手。掌も指も、傷だらけだ。触れた男の白い指先に、赤が移る。

睡蓮の手を口近くまで持ち上げた男は、彼女の指先に、ふうっと息を吹きかけた。瞬時に手の傷が癒え、柔らかな肌が蘇る。

次いで男は、睡蓮を仰向かせた。

「しかし、美しいのう」

彼女の頬を撫でる白い指が、頬からあご、咽へと下りていく。指が胸元まで辿り着くと、男はほうっと、悩ましげな息を吐いた。

「そなたの御魂は、穢れがない。白く、美しい」

唇の間から、赤い舌が伸びる。細く長い舌は、睡蓮の頬を、ちろりと舐めた。途端に男は表情を蕩けさせ、目をうっとりと細める。

「美味いのう。欲しいのう。なれど、私は生まれたばかり。嫁を迎えるには早いか」

恍惚としていた顔が、残念そうに歪む。

男はしばし考え込んだ後、よい考えが思いついたとばかりに、目を輝かせ、にんまりと唇で弧を描いた。

睡蓮の胸元まで下ろしていた手が、彼女の頬に戻り、包み込む。そして親指の腹は、彼女の唇を優しく撫でた。

「うっ」

深い眠りから浮上してきたのか。睡蓮が身じろいだ。そんな彼女の耳元に、男は口を寄せる。

「のう、取り引きをせぬか?」

「取り、引き?」

目を閉じたままでありながら、睡蓮の唇が動き、声を返す。

「そなたの願いを叶えてやろう。兄とやらを、救うてやる。幸いにも、傷を癒すのは得意じゃ」

睡蓮の口元が、嬉しそうに綻んだ。

男は不快気に眉をひそめる。たとえ肉親であっても、自分以外の男を想うなど、苛立ちを覚えてしまう。

しかし気を取り直して、彼女の耳に、言葉を吹き込んでいく。

「その代わり、そなたは私の嫁となれ」

「あなた様の嫁に？」

「そうじゃ。じゃが、そなたはまだ若く、私もそなたを養う術を持たぬ。だから、鱗がそなたの全身を覆ったら、迎えに来ようぞ。どうじゃ？」

「お受けいたします」

睡蓮の唇は、迷うことなく答えた。

多少は悩むと思っていた男は、睡蓮の即答に目を見開いた後、笑み崩れる。

「それほどに、私に嫁ぎたいのか。嬉しいのう」

男は喜びを隠すことなく、睡蓮の額に口づけ、包み込むように抱きしめた。すると傷だらけだった睡蓮の肌が、皮を脱ぐように癒えていく。

朝陽が昇り、空が明らみ始めた。

陽光が地上を照らし始めると、男は名残惜しそうに睡蓮から体を離す。

「嫁に迎える日を、楽しみに待つとしよう。このまま穢れず、美しく育てよ」

男は最後に睡蓮の頬を一舐めすると、白い蛇に姿を変える。そして、霧の中に姿を隠した。

祠の前で目覚めた睡蓮は、地面に横たわる自分の姿に気付くと、慌てて起き上がる。

それから辺りを見回した。

お百度を踏んでいた姿も、倒れていた姿も、誰にも見られていないと分かると、ほっと胸を撫で下ろす。

けれど先ほどのことを思い出した途端、顔が赤く染まった。

見知らぬ男に抱きしめられ、額や頬を、舐められたのだ。まだ男を知らない少女は、恥ずかしさで身悶える。

だがこの場にいるのは、睡蓮一人だ。男の姿はどこにもない。

あれは本当に現実だったのだろうか。

そんな疑問が生じる。

「きっと、夢だったのだわ」

自分に言い聞かせるように呟いた。

だけど彼女の心は、現実だと囁く。

夜通し山道を往復し続けた体は、傷だらけになっていたはずだ。現に、小袖はあちらこちらが破れ、すり切れている。赤黒い染みもあり、怪我をしていたのは明白だ。

それなのに、今の体には、擦り傷一つない。

「もしかしたら、神様が願いを聞き届けてくださったのかもしれない」

自分の傷が癒えたように、秀兼の怪我も治っているのではないか。そんなふうに希望の光を抱いた睡蓮は、お礼を伝えようと祠を見て、凍り付いた。

丸石に巻かれていた注連縄が、地面に落ちていたのだ。それだけならばまだしも、丸石は孵化した卵のように、二つに割れている。

「そんな」

大切な御神体を、割ってしまった。

強い罪悪感と恐怖が、込み上げる。

睡蓮は秀兼の容態を確かめるため、急ぎ万両殿に戻る。

その万両殿の中は、昨日とは打って変わり、歓喜に沸いていた。

女たちの歓声を聞き、睡蓮は秀兼が生還したのだと覚る。目元に涙が浮かび、顔は笑み崩れていく。

それでも確信はない。

睡蓮は目に付いた女中に確かめる。

「兄上様の御容体は？」

笑顔で振り返った女中の顔が、睡蓮を目に映した途端、驚愕と恐怖に染め変えられた。

「どうしたの？　兄上様は？」

重ねて問う睡蓮に、女中は答えない。睡蓮を怯えた目で凝視したまま、後退る。

今までに向けられたことのない眼差し。睡蓮はどう対応すればいいのか、分からなかった。

躊躇（ためら）っている間に、女中は奥へ去る。代わって奥から、複数の女中を連れた、お万の方が現れた。

「睡蓮。このような時に、どこへ行って」

昨日の夕刻から、誰にも告げずに姿を消していたのだ。心配させてしまったのだと申し訳なさを覚え、睡蓮は頭を下げた。お万の方の声が不自然に途切れたことには、気付かずに。

「勝手にいなくなり、申し訳ありませんでした。兄上様の御容態はいかがですか？」

顔を上げた睡蓮は、小首を傾（かし）げる。

お万の方が顔面蒼白（そうはく）となって後退り、離れていく。その顔は、恐怖に歪（ゆが）んでいた。

「母上様？」

「ひいっ！」

睡蓮が声をかけながら一歩近づくと、お万の方は腰を抜かし、その場に座り込む。

「大丈夫ですか？　母上様」

「寄るな！　化け物！」

助け起こそうと差し出した睡蓮の手を、お万の方は悲鳴と共に叩き払った。見開いた目で睡蓮を凝視し、溺れる蟻のように手足を動かして、距離を取ろうともがく。

いったい何が起きているのか。睡蓮は状況が呑み込めない。

万両殿の混沌は、秀兼が寝ている、奥の間にも生じていた。

「駄目です、兄上様。まだじっとしていてください」

菊香の高い声が響く。続いて、腕に縋る菊香を引き摺るようにして、秀兼が奥から出てきた。

まだ顔色は悪い。それでも自分の足で立ち、歩いている。

「兄上様、御無事で」

秀兼の姿を映した睡蓮の双眸が、歓喜の涙を溢れさせ、頬を濡らす。

「睡蓮」

喜ぶ睡蓮とは反対に、秀兼は顔をくしゃりと歪めた。睡蓮に向けて手を伸ばし、ゆっくりと近付いてくる。

「駄目です、兄上様！　あれは姉上様ではありません！　近付けば、食べられてしまいます！」

睡蓮を見て固まっていた菊香が、慌てた様子で叫び、兄の腕を引く。

「菊香？　何を言っているの？」

「来ないで！」

困惑する睡蓮が一歩前に出ると、菊香は悲鳴を上げた。

「落ち着きなさい、菊香」

「だって兄上様、あの目を見て！　姉上様ではないわ！　その者はきっと、姉上様に化けた写童に違いないわ！」

写童は人に化け、油断させたところで人を喰らうと伝わる妖だ。

いったいなぜ、そんなばかげたことを言い出したのか。そんなふうに疑問を抱いたのは、睡蓮だけだった。

菊香の叫びを皮切りにして、周囲から注がれる目に、殺意が混じり出す。

「返しなさい！　私の娘を！」

お万の方が投げた扇子が、睡蓮の頬に当たる。痛いと思うよりも、驚きと混乱が、彼女を襲った。

「母上様？」

愕然として、母を見つめてしまう。

女中たちが、お万の方たちを護るように、立ちふさがる。抜き放たれた懐刀は、睡蓮に向けられていた。

もしも睡蓮が妙な動きをすれば、彼女たちはお万の方たちを護るため、睡蓮に斬りかかってくるだろう。

「私は睡蓮です。加々巳秀正と、お万の方の娘です」

睡蓮は必死に訴える。けれど女たちは、彼女の言葉に耳を貸そうともしない。刃を向けられた恐ろしさよりも、信じてもらえない悲しみが、睡蓮の心を切り裂いていく。

そんな中、秀兼が鋭く一声を発した。

「控えよ！」

秀兼は周囲の視線を無視して、睡蓮のもとに向かう。

「駄目です、兄上様！」

「近付いてはなりません、秀兼！」

菊香とお万の方が叫ぶけれど、秀兼の足は止まらない。怒りに満ちた顔で、床を打つように踏み進む。

「兄上様？」

秀兼の吊り上がった目を見て、睡蓮は、彼もまた、自分を妖だと思っていると感じた。実の兄に斬られるのかと、絶望が襲う。

「兄上様、私は」

「すまない」

妖ではないのだと、訴えかけた睡蓮を、秀兼は強く抱きしめる。

鍛え上げられた厚い胸板や、太く硬い腕から伝わってくる、優しい温もり。そして、血と汗の匂い。

兄の存在を五感で感じて、睡蓮は落ち着きを取り戻した。そっと体を離し、顔を上げる。

秀兼は口を一文字に引き結んでいた。目は赤く染まり、涙が浮かんでいる。

彼の黒い瞳に映る睡蓮の瞳は、赤く染まっていた。

自分の目の色が変わっていることに気付いた睡蓮は、ひゅっと息を呑む。呆然とする彼女に、秀兼が告げる。

「朝方、夢に白蛇が出てきて、告げたのだ。私の傷を癒してやると。その代わり、睡蓮を嫁に寄越せと」

「白蛇様が」

やはり夢ではなかったのだ。白蛇が睡蓮の祈りに応え、願いを叶えてくれたのだ。

そう理解して、強張っていた睡蓮の表情が緩んでいく。

一方、秀兼は傷付いたように、顔を歪ませた。

「私はすぐに断れなかった。生きたいと願い、迷ってしまった。逡巡している間に、白蛇は消えた。すまない、睡蓮」

絞り出すように口から押し出された、謝罪の言葉。

秀兼の気持ちを汲み取(くと)った睡蓮は、震える兄の背を抱きしめ返す。

「それでいいのです、兄上様。私が願ったのですから。兄上様を、お助けくださいと」

睡蓮を抱きしめる秀兼の腕の力が、強くなった。

兄妹はしばらく抱きしめ合い、互いの存在を確かめ合う。

命の危機に瀕していた兄は、生きている。白蛇に所望された妹は、まだ兄の傍(そば)にいた。

そのことを充分に実感すると、睡蓮は秀兼の胸を押して、体を離す。そして彼の目を、真っ直ぐに見上げた。

「兄上様。御無事のお帰り、心よりお喜び申し上げます」

昨日、戦から帰ってきた秀兼に、伝えられなかった言葉。

涙を浮かべて微笑(ほほえ)む睡蓮を、秀兼は、今にも泣き出しそうな顔で見つめた。

※

睡蓮は、座敷牢に入れられた。

妖(あやかし)が成り代わっているのであれば、いずれ加々巳家に禍(わざわい)をもたらすだろう。城に仕える者たちを、食ってしまうかもしれない。

そんな恐れから。

座敷と頭に付くからといって、厚遇されているわけではない。吹き曝しの土間の牢や、じめじめと暗い地下牢に比べれば、ましといった造りだ。

天井近くに設けられた、灯り取りの窓からは、冷たい風が吹き込む。

外は吹雪いていた。風を遮るための簾も、暖を取るための火鉢も、ここにはない。

睡蓮は凍える手足を擦り、寒さに耐える。

「憎め」

「怨め」

座敷牢に入れられてからというもの、日が暮れるたびに、声が聞こえた。目を向けると、隅に落ちた影が、ざわざわと蠢く。

妖が棲みついているのか。それとも、彼女の心が創り出した幻覚か。

頭を振った睡蓮は、浮かんできた考えを振り払う。

「憎しみも恨みも抱かない。私は、清らかでありたいから」

胸元に引き寄せた手に、自分の肌や衣とは違う感触が伝う。

着の身着のまま、座敷牢へ放り込まれた。大切にしていた鞠も、彼女の手元にはない。それでも一つだけ、持ち込めた物がある。

懐（ふところ）から取り出したのは、守り袋。封を開けると、一寸ほどの木の葉が出てきた。
艶（つや）やかな深緑色。椿（つばき）の葉に似ているが、葉脈は笹（ささ）のように平行に並ぶ。金川の地では、見かけない植物だ。

幼いころに出会った男が残していった実から、睡蓮が育てた。
紫色をした、銀杏（ぎんなん）に似た実。寝坊助な種は、夏を目前にして、ようやく芽吹く。
大切に育てていたのに、秋の終わりごろに黄葉したかと思えば、春を待たずに枯れてしまった。

残されたのは、珍しさに惹（ひ）かれて一枚だけ摘み取っていた、深緑の葉。
枯れることを忘れてしまった小さな葉を、睡蓮はもう一度あの人に会いたくて、今も大切に持ち歩いている。

それを眩（まぶ）しげに目を細めながら指でなぞった睡蓮は、守り袋にしまう。

「逃がしてやろうか？」

聞こえてきたのは、いつもよりも明瞭（めいりょう）な声。どこかで聞いた声に似ている気がするが、思い出せなかった。

これもきっと、弱い心が生み出した幻（まぼろし）だろう。そう考えた睡蓮は、首を横に振る。

「いいえ。必要ありません」

「お前の兄が粘（ねば）っているが、このままでは始末されるぞ？」

睡蓮の処分を決めるのは、彼女の父だ。座敷牢に閉じ込められても、命まで取られることはないと、どこかで信じていた。

心の臓を鷲掴みにされたような、鈍い痛み。嘘だと否定したくても、外の出来事は、睡蓮の耳まで届かない。

「今なら間に合う。白蛇のもとまで送り届けよう」

嗚呼、これは幻聴ではなく、妖か――

気付いた途端、睡蓮の口端が、ふっと微かに上がる。

弱った己の心が呟く、醜い感情ではない。そのことが、嬉しかった。

「いいえ。ここにおります」

「なぜだ？」

「私が逃げれば、兄が疑われるでしょう」

秀兼が助命を懇願しているというのが事実であれば、彼が逃がしたと思われかねない。

加々巳家の長男である秀兼だが、側室の子。嫡男は、昨年、御正室お梅の方から生まれた、松千代と決まっている。

お梅の方が懐妊するまで嫡男と見なされていたこと、年齢のことなどから、世継ぎ争いを危惧した者たちが、秀兼を危険視していた。

ここで睡蓮がいなくなれば、ここぞとばかりに、秀兼は攻撃されるだろう。

「逃げません」

はっきりと口にすると、壁の外で溜め息が零れる。

「お前に死なれては困る。いざとなったら、無理やりにでも引き摺っていくからな」

それ以上、声は返ってこなかった。

窓から迷い込んだ雪が、ひらひらと舞い落ちる。手を差し出して受けると、すぐに消えた。

「まるで、幻の桜を見ているよう」

もう一度、目にすることができるだろうか。

小さな格子窓を見上げれば、暗い空。白く輝く雪さえも、漆黒に呑まれていく。

睡蓮は横たわった。硬い床板が、何も持たない彼女から、体の熱まで奪う。行儀悪いと分かっていても耐え切れず、手足を縮めた。


夢の中で、睡蓮は七歳に戻っていた。

城山の麓に広がる雑木林。山桜が花弁を散らす中、彼女は青い小袖を着て、供も付けずに一人さ迷い歩く。

先日、都に出かけていた秀正が、土産に鞠をくれた。

睡蓮には青地に白の鞠（まり）。妹の菊香には、赤地に黄の鞠。それぞれ睡蓮の花と、菊の花を連想できる模様だ。そして兄の秀兼には、皮でできた蹴鞠（けまり）用の鞠を。

娘二人は、美しい鞠を大切に扱った。けれど秀兼は、鞠を持って外に出かけ、失（な）くしてしまう。

蹴鞠の面白さに目覚めつつあった秀兼は、妹二人に、鞠を貸してほしいと頼む。綺麗な鞠を蹴られたら、汚れたり、糸が切れたりするかもしれない。菊香は泣いて嫌がった。

菊香を見て、彼女の鞠を護（まも）ってあげなければとでも、思ったのか。それとも必死に頼む秀兼を助けたかったのか。

睡蓮は自分の鞠を差し出す。

「兄上様、私の鞠をお使いください」

「必ず返すから」

約束をして、秀兼は出かけていく。だけど帰ってきた彼の手に、睡蓮の鞠はなかった。

「すまない、睡蓮。失くしてしまった」

「気にしないでください」

睡蓮は微笑（ほほえ）んで許す。でも本当は、悲しくて泣きそうだった。

秀正が睡蓮を気に掛けてくれるなんて、滅多にないこと。土産（みやげ）をくれた思い出なんて、片手の指より少ない。だから余計に、大切にしていた。

失くしたなんて知られたら、もう興味を持ってもらえないのではないか。

そんな怯えに突き動かされ、睡蓮は翌朝、屋敷を抜け出す。しかし鞠が見つからないまま、彼女まで迷子になった。

濡れた目を拭おうと、両手でこする。だけど、次から次へと零れる涙は、小さな手ではすくい切れない。

「何を泣いている？」

声に驚いて立ち止まった睡蓮の前に、いつの間にか男が立っていた。顔は霞が掛かっていて見えない。

真っ白な狩衣に狩袴。都から離れた金川では滅多に見かけない、公家の装いだ。

「鞠を探しています」

「どんな鞠だ？」

「青に白で、睡蓮の模様になっています」

「一緒に探してやろう。すぐに見つかる。だから泣くな」

男が睡蓮を抱き上げた。

彼の顔は目の前にあるのに、やっぱり靄で隠れている。それでも睡蓮は、真っ白な髪と、赤い瞳が、綺麗だと思った。

幼い睡蓮を抱えた男は、雑木林を進む。その足取りには、迷いがない。しばらく進むと、睡蓮を地面に下ろした。

茂みにしゃがみ込んだ彼が振り返る。差し出された手には、青と白の糸を巻いた、花柄の鞠があった。

「ほら、これだろう?」

「ありがとうございます」

受け取った睡蓮は、とても大切なのだと、全身で表すように抱きしめる。満面の笑みを浮かべた彼女を見て、男も微笑んだ。

「大切な物なら、もう失くすなよ?」

「はい」

「じゃあな」

「もう行ってしまうのですか?」

睡蓮は慌てて顔を上げる。

まだ何もお礼をしていないのに、行ってしまうのか。そんな気持ちが、顔に出ていたのだろう。男は申し訳なさそうに、眉を下げた。

「主がお待ちだからな」

主君の命令は絶対だ。無理に引き留めれば、彼がお叱りを受けてしまう。助けてもらったのに、これ以上の迷惑を掛けるわけにはいかない。

睡蓮は、引き留めたい気持ちを呑み込む。

「また会えますか？」

「会う必要などないだろう？」

素っ気ない男の答えを聞いて、睡蓮の表情が沈んでいく。止まっていた涙が、再び目蓋(まぶた)に溜まり始めた。

動揺した男が、何やら言い訳めいた言葉を繰り返す。それから困ったように頬を掻(か)き、膝(ひざ)を屈(かが)めて、睡蓮と目線を合わせた。

「それほど俺に会いたければ、いい女になれ」

「いい女、ですか？」

「そうだ。神に仕えるのに相応(ふさわ)しい、清らかで美しい女だ」

「神様に？」

「ああ。そうしたら、迎えに来てやってもいい」

幼い睡蓮は、疑問に思うこともなく、すんなりと受け入れる。弾(はず)む笑顔で男を見上げ、小指を差し出した。

「約束です」

男は戸惑いながら、細く小さな小指に、太く武骨な小指を絡める。

「申し遅れました。私は」

名乗ろうとした睡蓮の口元に、男の人差し指が添えられた。長く尖った爪が、視界に入る。

「女がそう簡単に、名を教えるものではない」

「では、あなた様のお名前を伺うのも、いけませんか？」

睡蓮がじっと男の目を見つめると、彼は眉間にしわを寄せて、悩む素振りをした。

「誰にも言うなよ？　我が主から賜った、大切な名だからな。……気に入ってはおらぬが」

「約束いたします。誰にも申しません」

男は苦笑を零し、唇を動かす。

「俺の名は――」

立ち上がって去っていく男の背が、桜吹雪の中に消えていく。男が去った後には、小さな木の実が落ちていた。

目を覚ました睡蓮は、不思議と寒さを覚えなかった。それどころか、胸元から温もりが込み上げてくる。

「あの後、家中の者たちに見つけられて、父上様と母上様に叱られたのよね」

屋敷に帰ると、顔を青くした秀兼が待っていた。そして父母に叱られる睡蓮を、必死になって庇ってくれたのだ。

「今と同じね」

思わず、くすりと笑ってしまう。

「清らかで美しい女。私はあの方の望むような女性に、なれているのかしら？」

無意識に、手が懐の守り袋を求める。

「白蛇様も、白い髪に、赤い瞳だった」

男の顔は、憶えていない。

白蛇の顔も、夢現だったため、はっきりしない。

しかし年の頃は、どちらも今の秀兼と、同じくらいだろうと思われた。もしも白蛇が彼ならば、年を重ねていないことになる。

「でも、妖ならば――」

人とは違い、長い歳月を生きる異形。人のように年を取ることはないだろう。

「迎えに来てくださったのかしら？」

けれど、白蛇は睡蓮を残して去った。迎えに来ると、約束を残して。

「私は、待つばかりね」

零れたのは、自嘲の笑み。

「また会える日を、楽しみにしていたのです」

未だ、男と再会した記憶はない。

彼が童の戯言と、忘れてしまったのならばいい。

けれど、戦乱の世だ。人の命は容易く失われてしまう。約束を守れない状況になっている可能性だって、考えられた。

ちりりと焼けるような、胸の痛み。

睡蓮は、自然と窓に目を向けた。

「どうかあの御方が、ご無事でありますように」

まるで散りゆく桜のように、外はまだ吹雪く。

※

睡蓮が白蛇の嫁に選ばれてから、二年の歳月が経った。寒い冬を超えた山裾に、緑が芽吹いていく。

彼女は今、白蛇と出会った祠の脇に建てられた、小さな離れ家で暮らしている。

猫の額ほどの狭い土間と、囲炉裏を切った三畳足らずの板の間。土間には水を溜めておく瓶と、食器などを並べた棚。居室となる板の間には、衣類などを入れた葛籠が一つ。それに、色褪(いろあ)せた古い鞠(まり)。

これを見て当主の娘が暮らしているなどと、誰が思うだろうか。

日に日に夜明けの時間が早くなる。けれど、まだ薄暗い時間。目覚めた睡蓮は、身なりを整え始めた。

下女の一人も付けられていない有り様では、凝(こ)った装(よそお)いはできない。小袖をまとった上から、ふくらはぎまである湯巻(ゆまき)を巻く。

長かった自慢の髪は、腰にも掛からないほど短く切ってしまった。邪魔にならないよう、輪にして結ぶ。それから首に白布を巻き、目元も赤い薄布で隠す。

白蛇に選ばれた彼女の体には、蛇(へび)を思わせる白い鱗(うろこ)が生えている。初めは胸の下辺りにしかなかった鱗は、徐々に彼女の体を侵食していった。今では上は咽元(のどもと)、手足は肘(ひじ)と膝(ひざ)辺りまで覆(おお)う。

更に瞳も、紅玉のように赤く染められてしまった。

彼女の容姿は異質だ。周囲の者たちは気味悪がり、ますます受け入れられずにいる。

特に実母であるお万の方と、妹の菊香は、妖(あやかし)が化けているのだと思い込んだまま。睡蓮を目の敵(かたき)にしている。

そして父である秀正も、快く思っていなかった。

呪われた娘がいるなどと噂が広まれば、近隣の国が、金川を攻める口実にしかねない。家臣たちの心だって、離れてしまう懸念がある。

そんな理由から、目や首に布を巻いて、隠すよう厳命した。

屋敷の敷地内であれば、屋外に出ることも許されている。だが人目に付くことは、控えなければならない。

もし誰かに瞳や鱗を見られれば、座敷牢に戻されるだろう。状況によっては、今度こそ、命を奪われる。

だから睡蓮は、まだ皆が眠っている間に、用事を済ませていた。

首に巻いた布が緩んでいないか確かめつつ、桶を手に、井戸へ急ぐ。釣瓶を下ろして水を汲み、桶に移す。その水面に、不自然な波紋が揺れた。

なんだろうかと目を凝らすと、井戸蛙が泳いでいる。透き通った蛙みたいな姿をしているけれど、現世の生き物ではない。井戸に住みつく、妖の一種だ。

睡蓮が変わったのは、外見だけではなかった。赤い瞳は、妖の姿を彼女に見せる。そして彼らの声までも、耳に届かせた。

「ごめんなさい。すぐに井戸へ戻すわね」

井戸蛙は逃げようとして、狭い桶の中を、ぽちゃぽちゃと泳ぐ。

怖がらせていることを申し訳なく思いながら、睡蓮は井戸蛙を両手ですくった。釣瓶に入れて、そっと井戸の底に戻す。

改めて桶を持とうとしたところで、彼女とは違う武骨な手が、軽々と桶を持ち上げる。小袖に袴姿という軽装の秀兼が、いつの間にか隣にいた。

「水を運ぶのも、よい鍛錬になるからな」

「充分にお強いでしょう？」

「まだまだ未熟だよ」

水が入った桶を運ぶ秀兼の隣を、睡蓮は弾む気持ちで歩く。

秀兼に余計な手間を取らせるのは、心苦しく思う。けれど、兄妹が気兼ねなく話せる時間は、限られる。

二人が会うことは、禁止されていない。しかし、あまりよく思われていなかった。朝の短い時間は、睡蓮にとって、幸せな時間だ。

離れ家に戻ると、土間に置いてある瓶に、秀兼が慣れた手付きで桶の水を移した。

「兄上様は、少し休んでいてくださいな」

「ありがとう」

秀兼が板の間に腰かけると、睡蓮は米と麦を取り出す。軽く研いでから、鍋に水と共に入れた。それから小さな籠が付いた紐を、腰に巻く。

睡蓮の様子を見て、秀兼が立ち上がる。二人は連れ立って離れ家から出ると、山裾に広がる雑木林に入った。

まだ踝ほどしか伸びていない下草を踏み分けながら、睡蓮と秀兼は進む。

「白蛇の嫁、こっち」

「白蛇の嫁、これがいい」

「ありがとう」

声を掛けてきたのは、鶏卵ほどの大きさの、蜂に似た姿の妖。草蜂という。

蜜蜂の黄色を緑色に塗り変えて、羽を卵形の葉と取り換えたような姿だ。植物に詳しい彼らに教わりながら、睡蓮は野草を摘んでいく。

最低限の米と麦は支給されている。けれど、野菜などまでは与えられない。だから山で野生の植物を摘んで、糧としていた。

嵩が増して腹が膨れるし、雑炊の味にも変化が付く。おまけに体にもよい。一石二鳥どころか三鳥だと、睡蓮は前向きに考える。

「わわ？」

草の葉に停まっていた草蜂が、慌てた声を上げながら飛び退いた。妖を見られない秀兼に、踏まれかけたらしい。

普通の人間は、彼らに触れられない。だから踏まれたところで、怪我をする恐れはない。それでも、踏まれたくはないのだろう。

それを視界の端に捉えた睡蓮は、苦笑を零す。

「また何かを踏んでしまったか?」

「いいえ。踏んではいませんから、安心してください」

「ならばよかった」

睡蓮の様子から状況を察した秀兼は、ほっと胸を撫で下ろして下を向く。

「すまないな。いつも睡蓮が世話になっているというのに。許してくれ」

「いーよー」

秀兼が自分の足下を見ながら謝罪すると、彼の肩に避難していた草蜂が、屈託なく返す。

睡蓮は、秀兼にだけは、妖が見えることを話している。

突然見聞きできるようになった、異形の存在たち。

自分しか見えない世界に怯え、訴えかけた睡蓮に対して、秀兼は疑う素振りさえ見せなかった。

睡蓮が嘘を吐くはずがないからと。傷を癒し人語を操る白蛇がいるのだから、他にも神や妖が存在していても、不思議ではないからと。

そして見えないながらも、睡蓮を助けてくれる妖たちに、敬意をもって接する。

だからだろうか。妖たちも、秀兼を気に入っているようだ。秀兼の肩に停まる草蜂が、楽しそうに羽を揺らす。

「これ、いいぞ。食べると笑い出す」

野草探しを再開した睡蓮に、草蜂(くさばち)が声を掛けてくる。

彼らが薦める植物は、食べられるものばかりとは限らなかった。時々、毒草が混じることがある。食料となる植物を探しているとは、理解していないのかもしれない。

睡蓮は毒草には手を出さず、他の食べられる野草を摘み取っていく。

置いていかれた草蜂は、毒草の上に留まったまま、じいっと睡蓮を見つめる。

「これ、いいぞ。お前の親と妹に、食わせてやれ」

いや、理解していた。

「駄目ですよ。父上様も母上様も、菊香も、悪い人ではないのです。ただ私の姿が変わってしまったことが、まだ受け入れられないだけで」

少し離れたところで枝を拾う、秀兼に聞かれないよう注意しつつ、睡蓮は毒草を薦める草蜂を小声でたしなめる。彼女は家族たちが苦しむのを望んでなどいなかった。

最初は辛(つら)くて、悲しくて。

どうして拒絶されるのかと、悩んだ。瞳の色が変わっても、彼女の中身は、以前と変わらないのだから。

血のつながった大切な家族。それが、こんなに脆(もろ)く壊れてしまうほどの、浅い関係だったのか。

悔しくて、涙した。

荒れる感情が落ち着くと、急に変わった姿に戸惑っているだけだろうと考え出す。時間が経って冷静になれば、睡蓮は何も変わっていないと、分かってくれるはずだ。そう信じることにした。

けれど、未だに彼らは、睡蓮を受け入れない。

本当に受け入れてもらえる日が来るのかと、希望は日に日に薄らいでいく。

睡蓮は目を閉じて、細く長い息を吐き出した。空を見上げ、気持ちを切り替える。

落ち込んでいても、状況はよくならない。むしろ、自分を取り巻く陰鬱(いんうつ)な空気が、周囲まで暗くする。結果、余計に状況を悪化させるだけだ。

「大丈夫。きっと、分かってくださるわ」

木の枝から生え始めたばかりの、薄く小さな若葉に、陽光が降り注ぐ。生命の輝きを感じさせる新緑。眺めていると、落ち込みかけた気分が晴れていく。

「さ、もう少し、頑張りましょう」

歩き出した睡蓮を、草蜂たちが追いかけた。

充分な野草が採れると、睡蓮は秀兼に声を掛けて、家路に着く。枯れ枝を拾っていた秀兼も、睡蓮と共に離れ家に戻った。

「兄上様、いつもありがとうございます」

「大したことはしていないさ」

そう答えながら、秀兼は集めていた枝を囲炉裏にくべて、火を熾す。その間に、睡蓮は採ってきた野草を笊に移し、さっと洗う。

「今度、出かけないか？」

秀兼の声は淡々としていたけれど、表情は真剣だった。

「それは」

睡蓮は言葉を詰まらせる。

離れ家から出ることは許されているけれど、敷地の外に出ることまでは、許されていない。

「見つからなければ、何も言われないさ。もうすぐ桜が咲く。団子でも買って、花見に行こう。好きだっただろう？」

誘ってくれる秀兼に対して、睡蓮は曖昧に微笑む。

秀兼の気遣いを無下にするのは、心苦しい。

けれど睡蓮を庇い、父母に楯突いたことで、彼に対する評価は悪化していた。睡蓮に荷担しすぎれば、今以上に孤立してしまう。

そんな事情を、睡蓮だってわきまえている。

「兄上様、私のことは、お気になさらなくてよいのですよ？」

瀕死の秀兼を救うため、彼女は白蛇(はくだ)の嫁となる約束を結んだ。けれどそれは、彼女自身が選んだことで、秀兼が罪悪感を抱く必要はない。

そんな思いを込めて伝える睡蓮に、秀兼は困ったとばかりに眉を下げる。

「兄を気遣ってくれるのなら、どうか甘えておくれ。お前は私の可愛い妹だ。たまには兄らしいことを、させてくれないか？」

なおもためらう睡蓮の頭を、立ち上がった秀兼の手が、優しく撫(な)でた。

武骨な手は、幼いころから、睡蓮の心を安心させてくれる。緩んだ心では、兄の優しさを拒絶し、自分の内に在る願望を押し留めることは、できなかった。

睡蓮だって、たまにはどこかに出かけたい。

「ありがとうございます。楽しみにしておきます」

素直に礼を述べると、秀兼は嬉しそうに笑う。

囲炉裏に掛けた鍋が、くつくつと音を立て、白い湯気を立ち昇らせていた。

二章

山に色を添えていた薄紅(うすべに)色が、若々しい緑に呑み込まれていく。城山の麓(ふもと)も緑が茂(しげ)り、探し歩かずとも、蕗(ふき)や蓬(よもぎ)などはすぐに見つかった。堀の近くまで出れば、芹(せり)も採れる。

そんな春の暖かな日のこと。花見の時期は逃してしまったけれど、睡蓮は秀兼と共に、金川の町を歩いていた。

海が近い金川では、物売り小屋に、朝獲ってきたばかりの、新鮮な魚介類が並ぶ。壷からにょろりと出てきた蛸(たこ)を見て、睡蓮は思わず秀兼の袖を握った。

彼女はいつものように、目元と首に、布を巻く。更に念のため、頭から小袖を深く被(かず)いて、顔を隠す。秀兼も直垂姿(ひたたれすがた)に笠(かさ)を被(かぶ)り、顔を隠した。

「触らねば、害はないさ」

「触ると、害があるのですか？」

「足に触れると、吸い付かれる。お前の柔肌では、傷が付くかもしれない」

兄妹が喋(しゃべ)っている間に、店番の女が蛸を壷の中に戻す。

市には女たちの姿が多く見られる。男たちが獲ってきた魚や、畑で収穫した野菜を、女たちが売りさばくのだ。時にはその場で下拵えをしてくれるなど、痒いところに手が届く気遣いを見せる。

「欲しいものがあれば、遠慮なく言うといい。お前が欲しがる程度のものであれば、幾らでも買えるだけの金を持ってきたからな」

「まあ。そんなことを仰るなら、綺麗な反物を、お願いしてしまいますよ？」

「これは手厳しい」

軽い冗談を交わしながら、兄妹は仲良く市を覗く。

「団子があるぞ。食べるか？」

「ご相伴にあずかります」

茶屋の床几台に腰かけた二人は、団子を食べながら、行き交う人々を眺めた。

「金川の町は、平和ですね」

「そうだな。弓木が手を広げているが、金川までは、まだ来ぬであろう」

弓木家は、金川の南方に列なる山を越えた先にある、小田和の地を支配する大名だ。二代に亘って卓越した当主が立ち、領地を拡大し続けている。特に当代の弓木伸近は、破竹の勢いで諸方を攻め落としていた。

金川と小田和は、地図の上で三十里ほど離れている。間には高い山々が列なり、越えるための道は、細く険しかった。

もしも進軍してきたならば、待ち伏せをすればいい。細い山道に列をなしている弓木軍に、高所から矢を放つのだ。弓木家のほうが強かろうとも、地の利が助けてくれる。

「そこまで苦労して攻めるほど、金川に価値はない。都方面に手を伸ばしたほうが、弓木家にとって、大きな利益になるからな」

だから弓木家が上洛するまでは、心配する必要はないだろうと、秀兼は言う。

「行ったことはないが、小田和の城下は、ずいぶんと栄えているらしい。都にも勝るのではないかという話だ」

「都よりもですか？　凄いですね」

素直に感心する睡蓮に、釘を刺した秀兼は、城山を振り仰ぐ。釣られて睡蓮も、目を向けた。

高くそびえる山の上方は、草木を削がれ、山肌が剥き出しになっている。斜面には堀や柵が無数にあり、敵の侵入を拒む。頂には、物見櫓や兵糧を詰めた小屋などが、設けられていた。他にもいざというときに立てこもる、掘立小屋もある。

山城は、あくまで戦のための設備。麓に造られた屋敷と違い、住みやすさなどは考慮されていない。

「弓木家が上洛してからでは遅い。今の内に弓木家と縁を結ぶよう、父上に進言しているのだが。若輩者の戯言と、耳をお貸しくださらない」

苦く歪められた秀兼の顔は、己の力不足を嘆いていた。

「遅いのですか？」

「遅いな。そのころには、弓木家は強くなりすぎている。余程の利益を提示できなければ、金川は、今のままというわけにはいかぬだろう」

今ならば、条件次第で、同盟を結ぶことも可能だ。しかし、加々巳家と弓木家の力の差が大きくなりすぎれば、属国になるか、一矢報いたとしても滅びの道を歩むことになる。そうなれば、領民たちにも苦労を強いることになるかもしれない。

秀兼は視線を城山から町に戻し、行き交う人々を眩しそうに見る。

「民たちの幸せを護るためには、今が最後の機会だと思う」

睡蓮に、時勢のことはよく分からない。ただ秀兼が領民たちを愛し、彼らの幸せを心から願っていることだけは、理解できた。

「兄上様は、物知りなのですね」

「跡を継がぬとはいえ、情勢を把握しておかなければ、家臣や民たちを路頭に迷わすことになってしまう。今は父上がいるが、松千代殿はまだ幼い。一人前の武将に育たれるまでは、支えてさしあげなければな」

団子を食べ終えると、睡蓮と秀兼は腰を上げる。

「兄上様は、私の自慢の兄です」

「どうした？　急に。何か欲しいものでも見つけたか？」

「そうではありません」

拗ねた顔を見せる睡蓮に対して、秀兼は愉快げに笑う。

「睡蓮も、私の自慢の妹だよ」

ぽつりと返された言葉が耳に届き、睡蓮は顔を真っ赤に染めた。

「もう！　知りません」

「待て待て。一人で先に行っては危ないぞ？　怒るな睡蓮」

「怒ってはおりませぬ」

「では照れておるのか？　可愛い奴め」

「兄上様！」

すぐに追いついた秀兼に捕まって、睡蓮は眉を張る。しかしそれも、束の間のこと。

兄妹は仲良く並んで歩いた。

睡蓮は、秀兼と共に町の中を進む。ふと視線に気付いて顔を向けると、黒い狼と目が合った。

引き込まれるほどに深い、緋色の瞳。

睡蓮は目を逸らすことができず、足を止めて見つめてしまう。

「どうした？　睡蓮」

秀兼も足を止め、睡蓮の視線の先を追った。

「あの狼が、どうかしたのか？」

「見えるのですか？」

秀兼の言葉に驚いて、睡蓮は呪縛が解けたように動き出す。まじまじと秀兼を凝視すると、彼は戸惑った顔をした。

「何を言っているのだ？」

不思議そうに眉をひそめて、睡蓮と狼を見比べる。

「あの狼、瞳が赤いです」

「妖か？」

睡蓮に説明されて、秀兼は答えを弾き出す。

妖の外見は、それぞれ異なる。けれど、たった一つだけ、一致する部位があった。

妖たちは皆、赤い瞳を持つ。

多くの妖を見てきた睡蓮は、そのことに気付いていた。

黒い狼（おおかみ）の瞳は、赤い。

「睡蓮でなくとも、見える妖（あやかし）がいるのか」

関心を寄せた秀兼が、狼に近付いていく。彼の後を追って、睡蓮も狼のほうに向かう。

狼の首には、縄が括（くく）られていた。その先は、近くの木に結ばれている。売りものとして並べられているのだ。

「妖が捕えられるとは。都（みやこ）のほうには、陰陽師（おんみょうじ）なる者がいるとは聞いたが」

はてと首を捻（ひね）った秀兼の視線は、近くで胡坐（あぐら）を組んでいる、黒ひげを蓄（たくわ）えた男に向かう。

筒袖（つつそで）に括袴（くくりばかま）まではいい。よく見かける、庶民の格好だ。

問題は、羽織物（はおりもの）。猪（いのしし）の毛皮をまとうなど、町ではありえない。都の雅（みやび）な街を歩いていたら、とてつもなく目を引きそうな装（よそお）いである。

「思っていたのと違うな」

「兄上様」

「冗談だ。あの者は、山の民であろう」

睡蓮が呆れた眼差しを向けると、秀兼は即座に掌（てのひら）を返し、真面目に答えた。

山で獣（けもの）や鳥を狩ることを生業（なりわい）としている山の民は、狩った獣の毛皮を衣（ころも）や敷きものにする。そして肉や生捕った獣を、町へ売りに来ることがあった。

「初めて見ました。よく御存知ですね」

「道案内などで、時折世話になる」

秀兼は、山の民と思わしき男に近付いていく。

「この狼を捕えたのは、そなたか？」

山の民は鋭い目を、ぎょろりと向ける。そして秀兼と睡蓮を見定めるように、上から下へと動かした。

無遠慮な視線に、睡蓮は恐ろしさを覚える。秀兼の袖をつかみ、彼の陰に隠れた。

「そうだ」

山の民が低い声を返す。どうやら客として認められたらしい。

「大した腕だな。狼は嗅覚や聴覚が鋭いし、頭もいい。生け捕りは難しいだろう？」

「まあな」

褒められて、まんざらでもないのだろう。男はにやりと口角を上げ、鼻を高くする。

秀兼の話を聞いた睡蓮は、兄の陰から顔を覗かせ、山の民を改めて見た。太い腕や足が、何やら逞しく（たくま）輝いて見えてくる。

しかし当の狼は、素っ気ない顔だ。

「昼寝をしておったら、この有り様だ。退屈をしておったからな。気晴らしに付いてきた。逃げようと思えば、いつでも逃げられる」

唐突に声が聞こえてきて、睡蓮は思わず狼を凝視する。

どこかで聞いたことのある声だと思った。けれど、黒い狼に心当たりはない。

狼は面倒くさそうにあくびをする。人間に捕まったことに対する悔しさは、微塵も感じられなかった。

視線を山の民に戻した睡蓮には、彼の姿が先ほどより色あせて見える。

それはそれとして、睡蓮は思考を巡らせた。

妖の声を聞ける彼女だが、普通の獣の声は聞こえない。やはり黒い狼は、妖の類で間違いないらしい。

狼は、自ら付いてきたと言う。けれど、だからといって、どんな扱いをされても構わないということはないだろう。

人間に捕まった狼の末路は、明るいものではない。場合によっては、食肉となる。

狼の妖は、睡蓮以外の人の目にも見え、流暢に喋った。力のある妖だと考えられる。もしかすると、山の神の眷属に近い存在なのかもしれない。

そこまで考え至り、睡蓮はぞっとした。この狼を怒らせたなら、人々に、どのような禍がもたらされるのか。

睡蓮は慌てて秀兼の袖を引き、耳を貸してもらう。

「兄上様、この狼はおそらく、高位の妖です。このまま人手に渡り、失礼があっては、金川の地に災厄を招くかもしれません」

秀兼は目を瞠り、狼と山の民の男を交互に見た。

「それほどの相手を、この者は捕えたのか？」

「昼寝をしていたら、捕まっていたそうです。物見遊山で付いてきたと」

小声での問い掛けに、睡蓮も小声で答える。途端に山の民に向ける秀兼の目から、畏敬の色が消えた。

萎えた気持ちを立ち直らせ、秀兼は山の民に向き合う。金川に降りかかるかもしれない災厄の目は、取り除いておかなければならない。

「この狼を売ってくれ」

兄妹の心情も、自分が何を捕まえてしまったのかも知らぬ山の民は、獲物が掛かったとばかりに、喜色を浮かべる。

「五両」

指を広げた手を見せられても、それが高いのか安いのか、睡蓮には分からない。

一方の秀兼は、不機嫌そうに眉の間にしわを寄せた。

「あまり阿漕な真似をするようであれば、これから山の民が金川で商うことは、制限させてもらわねばならぬ。よいか？」

予想外の返しを受けて、山の男は狼狽える。

「役人か」

苦虫を噛み潰したように表情を歪めると、金額を訂正した。

「いつもその調子で頼む」

にっこりと笑った秀兼が、対価を支払う。縄を渡された睡蓮は、戸惑いながらも狼を連れて、山の民から遠ざかった。

町を抜けた睡蓮と秀兼は、屋敷に続く道を歩く。その途中、狼が睡蓮たちに、胡乱な眼差しを向けた。

「なぜ俺を買った？　俺がどこで何をしようと、お前たちには関係ないだろう？」

睡蓮と秀兼の会話は聞こえていたはずだが、狼は納得していないらしい。

「私はこの国を治める加々巳家の娘ですから、国に禍が起こる可能性は、取り除かねばなりません」

「人間らしい、他者に塗りつぶされた意見だな。お前の意思はないのか？」

狼は不愉快そうに鼻を鳴らす。

彼の言葉の真意が、睡蓮には分からなかった。

彼女にとって、領民を護るという思考は、当然のことだ。民たちには、幸せに生きてほしいと思う。この地を治める家に生まれたのだ。その思いは他の人よりも強い。

それは自分の意思ではないのだろうかと、答えあぐねて首を捻る。

「どうした？」

「兄上様。狼様が、なぜ自分を買ったのかと問われているのですけれど、私の答えはどうやら、納得される答えではなかったようです」

睡蓮が会話の内容を教えると、秀兼も悩みだした。ふうむと唸り、顎に手をやる。

「難しいな。私も物心がつく前から、民を護るのは義務だと教えられてきた。それが私の意思ではないと言われれば、否定できないな」

「そうでしょうか？」

「選んだのは私だが、他人の意思によって擦りこまれた考えだと言われれば、否定できないだろう？」

そうなのだろうかと、睡蓮は自問する。

今自分が思っていることが、自分の意思ではないとは思えない。けれど秀兼が言っていることも、一理ある気がした。

「難しいですね」

「そうだな。では私の答えはこれかな？」

唸る睡蓮に相槌を打った秀兼が、狼の前にしゃがみ込む。

「睡蓮を護ってほしい」

「兄上様？」

秀兼の顔も声も、真剣そのもので、睡蓮は驚いた。狼も怪訝そうに、秀兼を見上げる。

「家中に妹の味方はいないと言っても、過言ではないだろう。私が護ってやれればいいのだが、常に目の届くところに置いておけるわけではない。夜の間や、私が留守にしている間は、不安でたまらぬ。どうか叶えてはくれまいか？」

そう言って、秀兼は狼に向けて頭を下げた。

彼の目から見て、花盛りの睡蓮は、輝いて見える。もしも白蛇の件がなければ、屋敷に出入りする男たちの目を奪い、縁談がひっきりなしに舞い込んでいただろう。秀兼は身内びいきを抜きにしても、そう思っていた。

本来ならば、加々巳家の姫である睡蓮は、屋敷の奥で大切に護られる。秀兼が気をもむ必要など、なかっただろう。

けれど、彼女は当主に冷遇されている。

罪人のごとく扱われている娘に危害を加えても、罰せられる可能性は低い。よからぬことを考える輩が現れる可能性は、否定できなかった。

だから睡蓮が離れ家で、一人で寝起きしている現状は、秀兼にとって、気が気ではない。

毎朝、井戸に水を汲みに行く睡蓮を手伝うのは、重い桶を運ぶ妹を気遣う意味だけではない。いつもと変わらぬ笑顔を目に映し、今日も妹は無事だと、確かめるためでもあった。

「兄上様」

会ったばかりの素性も知れぬ妖に頼むほど、秀兼は睡蓮のことを心配していたのだ。

兄の優しさと情を感じて、睡蓮の胸が熱くなる。口元を袖で覆い、目を潤ませた。

妹の反応に苦笑を零しながら、秀兼が立ち上がる。それから、睡蓮の頭に大きな手を乗せた。

温かくて頼りがいのある、優しい温もりを感じて、睡蓮の涙は、ますます増していく。

「妖に頼らなければならない、不甲斐ない兄を許しておくれ」

「いいえ。兄上様は誰よりも頼りになる御方です。兄上様を兄に頂いた睡蓮は、果報者でございます」

ぽろぽろと泣く睡蓮に、秀兼が困ったように眉を下げた。彼女の頭に乗せていた手を下げると、親指の腹で睡蓮の頬を濡らす涙を拭う。

「ありがとう。私も優しい妹を頂いて、これほど幸せなことはないよ」

嬉しそうに微笑む秀兼に、睡蓮も泣きながら微笑んだ。

しばらくして涙が止まると、二人と一匹は、再び歩き出す。

「つまり、俺に番犬の真似事をしろということだな」

狼が改めて確認してきた。

彼の言葉を聞いて、睡蓮の表情が強張る。

高位の妖には、神に近い存在もいるという。そんな相手に、人の娘一人を護ってほしいなど、身の程をわきまえない頼みだ。人が捕らえたことを詫び、山に返すべきだろう。

「あの、兄が失礼いたしました。どうぞ自由になさってくださって構いませんので」

恐々と申し出る睡蓮に、狼はそうではないと、首を横に振る。

「咎めているわけではない。話が出たときに確認しなかったのは、話しかけるのがはばかられる雰囲気だったからだ」

兄妹の間に流れる空気を読んで、遠慮したらしい。

ほっと胸を撫で下ろした睡蓮だけれども、先ほどのことを思い出して、顔を赤くする。他人が通りかかるかもしれない道端で、涙を流したのだ。恥ずかしさが込み上げてきた。

「ですが狼様は、兄上様たちにも姿が見えるほど。きっと高位の妖なのではありませんか？　やはり、不躾な願いでございましょう？」

熱の上がった顔を誤魔化すように、睡蓮は疑問を口から走らせる。

狼は気安く喋ってくれる。けれど、もっと敬意を持って接するべきだろう。そんなふうに懸念する睡蓮に、狼は首を横に振った。

「人間にも姿が見えるのは、俺が半妖だからだ。大した存在ではない」

「半妖とはなんですか？」

「半分が妖という意味だ。父親は妖だが、母親は狼だった。だから人間でも、姿を見ることができる。言葉は通じぬようだがな」

黒い毛の色は珍しいが、彼の見た目は狼そのものだ。母親から受け継いだ肉体は現世に在り、妖の力は妖の世に在るのだろう。

「それに、似たような仕事を、以前にもしていた。俺には似合いの務めなのだろう」

「狼様が、番犬をですか？」

「言い方は気になるが、そうだ。主をお護りする役目を頂いていた」

「ご主人様がいらしたのですね？　その方のもとに、戻らなくてよろしいのですか？」

秀兼が買ったとはいえ、無理に留まらなくてもいい。そう伝えようとした睡蓮は、口をつぐむ。

気だるげな顔をしていた狼の気配が、一変したのだ。

目に見えない存在に押さえつけられているのではと錯覚するほどの、重い空気。

睡蓮は息苦しく感じ、その場に膝を突く。秀兼が柄に手を掛けた太刀からは、一寸ばかり刀身が覗いた。

「すまぬ」

兄妹の異変に気付いた狼が、息を吐く。同時に、重苦しかった空気が霧散する。

「我が主は身罷られた。あまり触れてくれるな」

「申し訳ありませんでした」

睡蓮は乾いた咽から言葉を絞り出し、謝罪した。

本能的な恐怖を感じて、体はまだ震えている。けれど、そんなことを忘れてしまうほどに、狼が悲しそうな瞳をしていたから。見ている睡蓮まで、心を締め付けられてしまう。

「何があった？」

妖の言葉を聞けない秀兼に、睡蓮は立ち上がって、一連の会話を説明した。

秀兼はすでに幾つかの戦を経験している。主君を失った武士たちの嘆きを、目にしたこともあった。

だからだろうか。狼に、気の毒そうな目を向ける。しかしすぐに、表情を改めた。

同情が、癒しになるとは限らない。

「ならばこれからは、睡蓮を主と定めて、仕えてはくれないだろうか？　よい主だと思うぞ？」

主君を失った苦しみは、新たな主君を得ることで、塗り替えられる場合もある。秀兼は、睡蓮には充分な魅力があると思っていた。だから、きっと満足してもらえるはずだと、疑っていない。

「代役にするつもりはない。どうせ退屈をしていたのだ。しばらくはいてやろう」

「ありがとうございます」

花が綻（ほころ）ぶような笑みを浮かべた睡蓮に、狼は目を丸くする。そんな自分の反応が癪（しゃく）に障（さわ）ったのか、ふんっと鼻を鳴らしてそっぽを向いた。

「私は睡蓮と申します。これからよろしくお願いいたします」

「ああ」

「狼様のことは、何とお呼びすればよろしいでしょうか？」

「妖は安易に名を教えはせぬ。好きに呼べ」

「では、くろ、というのはいかがでしょう？」

「……黒呑（こくてん）と呼べ」

睡蓮は、彼の黒い毛並みから名付けてみたのだが、お気に召さなかったらしい。

「何と言っている？」

黙って見守っていた秀兼が、会話が一段落ついたところで声をかけてきた。

「黒呑様と仰るそうです。しばらくお傍にいてくださると、仰ってくださいました」

「そうか。では黒呑殿、私は加々巳秀兼という。これから妹を頼む」

「禍から護ればいいのであろう？　こちらとしても望むところだ」

「望むところ、ですか？」

頷いた黒呑に、睡蓮は違和感を覚える。護ってもらえるのは嬉しいけれど、それを彼が望む理由が分からない。

彼女の感情の変化を見抜いたのか、黒呑が不機嫌そうに、鼻根へしわを寄せた。

「お前、白蛇の嫁であろう？　人里だけで収めてくれればいいが、山にまで災禍を呼ばれては堪らぬ」

「どういう意味でしょうか？」

「蛇の妖が、伴侶に抱く執着は強い。お前を見初めたのとは違う白蛇の話だが、夫が他の雌に粉を掛けたことに怒りくるい、山の水を毒で染めたことがある。無関係の者まで巻き込んで、大きな被害となった」

思わぬ情報を聞かされて、睡蓮の頬が引きつってしまう。

「不貞をいたす気はございませんが？」

「そんな理屈は通らぬ。たとえ肉親であっても、伴侶に近付く者には、牙を剥く蛇の妖もいると聞く。まだ正式には嫁いでいないから、大丈夫だとは思うが。安易に人間の男になびくなよ？　お前が大切にしている国とやらが、滅びるやもしれぬからな？」

厳しい目を向けられて、睡蓮の肌がぞわりと粟立った。彼女の視線は、無意識に秀兼へと向かう。彼女の最も傍にいる、最愛の兄に――

「どうした？」

「いえ」

会話の内容は分からなくても、緊迫した雰囲気は感じ取ったのだろう。低い声で問う秀兼に対し、睡蓮は言葉を濁した。

黒呑から聞いた内容を伝え、距離を置いてもらったほうがいい。そう思うのに、秀兼が離れていくと想像しただけで、胸が引き裂かれるように痛み、声が詰まる。だけど、自分のせいで秀兼が白蛇の不興を買い、取り返しの付かないことになれば、もっと辛い。

唇を噛んで、じっと秀兼を見つめていた睡蓮は、意を決して口を開こうとした。けれど言葉を紡ぎ出す前に、別の声が割り込む。

「まだ正式な白蛇の嫁ではないと、言ったであろう？　見張りも付いておらぬようだし、今すぐどうこうすることはないはずだ」

「大丈夫、なのですか？」

「蛇(へび)の気配があれば気付く。俺がいる間は、気を張らずともいい。白蛇(はくだ)も独占するつもりなら、里に連れ込むだろう」

どうやら嫁(とつ)ぐまでは、秀兼と今まで通りに暮らしていいらしい。

睡蓮は安堵(あんど)の息を吐く。落ち着いたらしい妹を見て、秀兼も緊張を解いた。

家路を辿る睡蓮たちは、屋敷に向かう道筋から外れた。

屋敷は堀と柵に囲まれている。入るためには、門を通らなければならない。そこには当然、見張りが立つ。

睡蓮が屋敷の外に出ていると、知られるわけにはいかなかった。だから、山裾(やますそ)の雑(ぞう)木林(きばやし)に潜り込む。山裾沿いに屋敷の裏へ回り、睡蓮が暮らす離れ家へ出る算段だ。

城のほうに登れば見咎(みとが)められるが、雑木林から出なければ、そうそう見つからない。

無論、屋敷のほうにも警備の兵はいる。だが彼らの配置は、秀兼の頭に入っていた。

見回りが来ても、妖(あやかし)たちが教えてくれるだろう。

しかし草蜂(くさばち)たちは、草の陰から顔を覗かせるだけで、近付いてこない。いつもなら、すぐに寄ってくるのに。

「黒いのこわーい」

「食べない？」

どうやら黒呑を警戒しているみたいだ。

「妖を食う趣味はない」

「いい、よかたー」

「もしゃもしゃいやー」

小さな妖たちから、次々と無邪気な声が上がる。仏頂面をする黒呑を見て、睡蓮はくすりと笑った。

酷い言われようなのに、黒呑は機嫌を損ねはしても、怒ってはいない。優しい妖なのだろうと、そう思ったのだ。

「白蛇の嫁、こっち」

「白蛇の嫁、人間が来た」

「ありがとう」

雑木林に棲む妖たちに先導され、睡蓮たちは身を潜めながら進む。

妖たちの手伝いもあって、誰にも気付かれることなく、離れ家の裏まで辿り着いた。

「ありがとう。お蔭で助かったわ」

「いい、どういたしてー」

「ありがとー」

草蜂たちに別れを告げて、睡蓮と秀兼は雑木林を出る。そのまま離れ家に戻ろうとしたが、戸を開ける前に、足を止めた。

黒呑が足を止め、祠のほうに目を向けていたのだ。

「祠がどうかいたしましたか？」

「もしや御神石のことを、何か知っておられるのではないか？」

丸かった石は、二年前に割れてしまった。だが祠を蔑ろにしていた秀正であっても、神仏の怒りは恐ろしいのだろう。処分できず、祠に収められたままだ。

睡蓮をこの場所に住まわせたのは、彼女に見張らせるという意味もあったのかもしれない。

兄妹の視線に、不安の色が混じる。

「白蛇の卵だ。白龍様の卵と言ったほうが、分かりやすいか？　白龍様が産んだ卵から白蛇が孵り、その中から次代の白龍様が育つ」

黒呑の言葉を聞いて、睡蓮から血の気が引いていく。

「先祖が龍神様から賜った、宝珠だと伝え聞いておりました」

「ある意味、宝珠よりも厄介だ。白蛇の中には、人里で暮らす者もいるとは聞く。しかし、か弱いどころか一切の抵抗もできない卵は、白蛇の宮で大切に育てられる」

「それでは」

先祖は白龍から賜ったのではなく、拐したのか――

その言葉を、睡蓮は口にできなかった。

神を欺き子を盗むなど、あまりに畏れ多い。想像することさえ、はばかられる行為だ。

「龍は子を奪った者を許さぬ。もしも見つかっていたならば、この辺りは生き物の住めぬ地になっていただろう。すでに白龍様は御存知のはずだ。見逃されたのは、子の嫁の里だからだろうな」

黒呑の話は、睡蓮をますます青ざめさせる。

地面が崩れたような感覚がして、彼女は足下がおぼつかない。無意識に助けを求めた彼女の手は、兄の衣を握りしめた。冷たくなった指先が、小刻みに震える。

妖の言葉を理解できない秀兼の眉間には、険しいしわが刻まれていた。まどろっこしそうに睡蓮と黒呑を交互に見るけれど、怯える妹を急かすことなく、優しく背を撫でる。

睡蓮は秀兼に支えられて、離れ家に戻った。しばらくして落ち着くと、秀兼が口火を切る。

「聞いてもいいか？」

頷いた睡蓮は、黒呑から聞いた話を伝えた。進むにつれて、秀兼からも、顔色が抜けていく。

「龍神の宝珠というのは、ただの与太話ではなかったのか。睡蓮を嫁に望んだのは、あの卵から生まれた白蛇なのか?」

「そうなるな」

黒呑の肯定に、睡蓮は安堵すると同時に、落胆する。

白龍の卵を自分が割ったわけではなさそうだ。そこは嬉しい。

けれど、白蛇があの日に生まれたというのなら、鞠を見つけてくれた男とは、別人である。

そのことが、残念に思えた。

とはいえ、たった一度、出会っただけ。顔さえ覚えていない。なぜこれほどあの男が気に掛かるのか。

生じた疑問に、睡蓮は無意識に蓋をする。

葛藤から抜け出した睡蓮の耳に、秀兼の唸るような声が届く。

しばらくして目蓋を上げた秀兼は、どこかすっきりした面持ちだ。訝しげに見つめる睡蓮に苦笑を返すと、口を開いた。

「今まで疑問に思っていたことが、ようやく腑に落ちてな」

「疑問ですか?」

睡蓮はいったい何のことかと、小首を傾げる。気だるげに寝そべっていた黒呑が、秀兼の言葉に興味を持ったのか、顔を向けた。

「お前の扱いだよ。私なら、好いた娘が冷遇されていたら、怒鳴りに行く。それなのに、白蛇は何も言ってこない。嫁に選ぶのは、必ずしも好いているからとは、限らないということだ」

秀兼の瞳は昏く、ぞっとする冷たさを湛えている。知らなかった兄の一面に、睡蓮は驚いた。

「人ならざる者に妹を奪われるというだけでも、拒めるなら拒みたいというのに。まさか睡蓮の現状も、その白蛇が創り出したのではなかろうな？」

秀兼は酷く顔をしかめ、吐き捨てるように言う。

睡蓮を見初めたから嫁に迎えるのではなく、拐された腹いせに、嫁に選んだ。

ありえそうな話ではあるが、睡蓮は、秀兼の意見に賛同できなかった。

「白蛇様は兄上様を助けてくださったのですよ？　助かる見込みはないと言われていた兄上様の傷を、治してくださったのです」

本当に睡蓮と、加々巳家の者を憎んでいるのであれば、秀兼の命を救ったりするだろうか。

その疑問をぶつけると、秀兼は押し黙る。それでも納得できないのだろう。少し考えてから、口を開き直す。

「ならばなぜ、睡蓮を助けに来ない。白蛇は龍の子なのだろう？　旅先で見初められたならまだしも、この屋敷で生まれたのだ。知らぬでは通らぬ」

兄妹の意見は平行線を辿る。睡蓮は助けを求めるように、黒呑を窺った。

「白蛇は執着が強い。伴侶に選んだ者を放っておくとは思えぬ。だがこの辺りに、白蛇やその眷属の匂いはない。普通の状態でないことは、確かだな」

力のある妖であれば、気に入った者に加護を与えたり、配下の妖を付けて護らせたりするそうだ。

だというのに、睡蓮の周囲には、それらしき気配がないという。

「黒呑殿は、なんと？」

会話の内容を把握したそうな秀兼に、睡蓮は今のやり取りを説明する。秀兼は顔をしかめると、黒呑の前に移動した。

「黒呑殿。白蛇から、逃れる方法はないのか？　せめて、蝶よ花よと大切に育てるのであればまだしも、今の状況は、とてもではないが許せぬ」

白蛇に選ばれたせいで、睡蓮は周囲から疎まれ、不遇を強いられている。それを間近で見てきただけに、秀兼の白蛇に対する嫌悪は強い。

切実に問いかける秀兼に、黒呑は考える仕草を見せた。

「下手に手を出せば、何が起こるか予想が付かぬ。それでよければ、結界を設けて、中に隠しておけばいい」

国を護ることを使命として生きてきた兄妹には、選べない答えだ。

「くそっ」

黒呑の答えを睡蓮から伝え聞いた秀兼は、奥歯を食いしばり、目を怒らせる。

「兄上様」

秀兼を苦しめることは辛い。けれど同時に、これほどまで愛されているのだと、睡蓮は嬉しく思う。

傷付いた兄を見て喜んでしまう自分の心は、汚れている気がした。

一瞬の喜びが、萎んでいく。

秀兼を見つめる睡蓮の表情は、幾つもの感情が入り混じり、複雑なものだった。

「そんな顔をするな、睡蓮。兄が必ず、お前を救う方法を探してみせる」

憂い顔の意味を取り違えた秀兼に、そうではないのだと否定することもできず、睡蓮は曖昧に微笑んだ。

草木は日増しに成長し、山を青々と染めていく。湿った木陰には、赤子の拳みたいな形をした蕨や、毛に覆われた薇が見える。柔らかな若芽は、この時期だけの御馳走だ。夏になれば、葉を広げ硬くなり、食べられたものではない。

睡蓮はそれらに目もくれず、草蜂たちに教えてもらいながら、日当たりのよい場所で野蒜を摘む。

韮に似た葉は、強い香りを持ち、韮と同じように使える。慎重に抜くと、小指の先ほどの、辣韮を丸くしたような球根が顔を出す。

こちらは綺麗に洗ってさっと茹でれば、ほくりと美味しい。

「あれが美味いのではないか？　昨日、人間が摘んでいたぞ？」

付いてきた黒呑が、木陰に目をやった。若草色の蕨が、幾つも伸びる。

黒呑は、睡蓮が離れ家でおとなしくしていると、ふらりと出かけることがあった。その時にでも、蕨を摘む人を目撃したのだろう。

彼の姿を人に見られるのは問題だが、黒呑も、そのことは承知している。自分の姿を人に見られないよう、細心の注意を払っていた。だから睡蓮も秀兼も、黒呑の自由にさせている。

「蕨は、灰汁を抜かなければなりませんから」

睡蓮は、まともに料理を習ったことがない。

庶民の家庭では、母から娘へ伝わるのであろう。しかし自ら料理をする必要のない彼女は、学んでいなかった。初めは米でさえ、どうすれば食べられるのか、見当が付かなかったほどだ。

見かねた秀兼が、戦場で足軽たちが煮炊きしていた姿を思い出しながら、鍋に水と米を入れて、雑炊を作った。だから雑炊だけは、睡蓮も作れる。でもそれ以上は、難しい。

下女や包丁人に教えを乞えば、睡蓮も問われた者も、罰を受けることになるだろう。秀兼が代わりに聞いたとしても、怪しまれてしまう。

だから睡蓮の料理の腕は、雑炊止まりだ。

「近頃は黒呑様のお蔭で、少し離れた場所まで、野草を採りに来られます。本当に、ありがたいばかりです」

野蒜が生えるこの辺りは、睡蓮の離れ家から離れている。朝の短い時間では来辛く、日中は人目が恐ろしくて、近付けなかった。

けれど、今は違う。

草蜂たちよりも、正確に人の気配を探れる彼は、安全な時間を見つけて、外に連れ出してくれる。

睡蓮は微笑んで、礼を言う。

微かに目を瞠った黒呑は、どこか居心地悪そうに、顔を背けた。

※

海が近い金川では、舟を駆っての海戦を仕掛けることも、珍しくない。攻められたときは、海を使って逃げることもある。だから金川の民たちは、泳ぎも舟漕ぎも達者だ。

暖かくなってくると、海に出て、泳ぎや舟漕ぎの鍛錬に励む者が増える。西の海から、男たちの威勢のいい声が響いてくれば、夏はもうすぐそこだ。

風に運ばれてくる声を聞きながら、睡蓮は離れ家周りの草むしりに、精を出していた。

「草ない、いやー」

「いやー」

草蜂たちからは不評だが、放っておけば、腰の高さを超えてしまう。

「ごめんなさい。家の周りだけ、抜かせてくれないかしら?」

「いーよー」

「ちょっとだけー」

文句を言っても、すぐに受け入れてくれる、草蜂たち。微笑ましく彼らを眺めてから、睡蓮は草むしりの続きをする。

「それにしても」

中腰の姿勢で固まった腰を伸ばすため、手を止めた睡蓮は、空を見上げた。

清々しいまでの青天。淡い雲が微(かす)かに浮かんでいるけれど、今にも消えそうだ。あれでは雨を降らすことはできないに違いない。

睡蓮は眉を曇らせる。

例年ならば、そろそろ梅雨(つゆ)が終わりを迎えようという時期だ。

春の終わりに降る長雨は、大地を潤(うるお)し、植物を育(はぐく)む。そして川や池も満たし、人々の生活を支えてくれる。

けれど、今年はほとんど降っていない。

鳥居の手前にある水堀は、底のほうを、ちょろちょろと水が流れる程度。これでは水堀と呼べないだろう。井戸も水嵩(みずかさ)が減っていた。

「こうも降らないと、領民たちが困るでしょうに」

雨が降らないまま夏が来れば、土が乾いてしまう。米はもちろんのこと、麦やその他の作物も、水がなければ育たない。そうなると、飢饉(ききん)が襲い、多くの民たちが苦しむことになる。

西には尽(つ)きないほどの水を湛(たた)える、海がある。けれど、塩を含む海水を撒けば、作物は却って枯れてしまう。

「ねえ、あなたたちは、雨がいつ降るのか、分からないかしら？」

睡蓮は草蜂たちに聞いてみた。

「知らなーい」

「水の妖に聞けー」

水の妖といえば、井戸蛙が思い浮かぶ。

でも彼らは、白蛇の気配がする睡蓮を恐れる。だから未だに、言葉を交わしたことさえなかった。

「水の妖がどこにいるか、知っているかしら？」

井戸蛙以外にいるならと思い、尋ねてみると、草蜂たちは集まって、何やら会議を始める。

「海に行けー」

「山に行けー」

「山のどこにいるの？」

屋敷から勝手に抜け出すことのできない睡蓮は、海には行けない。以前、秀兼と町に出かけたように、抜け出す方法もあるけれど、危険を伴う。だが城山なら、少しは自由が利く。

「この山、いなーい」

「消えたー」

「あら、どうして？」

「山が禿げたー」

「水が消えたー」

草蜂たちの無邪気な声を聞いた睡蓮は、胸の辺りが、ずきりと痛んだ。

城を築くために、城山の木々は、刈り取られた。木々を失った山は乾き、水が湧き出すことはない。

「この山にも、昔は泉や川があって、水の妖が棲んでいたのね」

「そだよー」

「いっぱい、いたー」

睡蓮は城山を見上げる。

今は肌が剥き出しになってしまった山。昔は緑が溢れ、多くの獣や鳥たち、そして妖たちが、暮らしていたのだろう。

当たり前に見てきた景色が、なんだか物悲しく感じた。

三章

青い海を、夕日が紅に染めていく。

離れ家に近付いてくる足音を捉えた黒呑が、睡蓮に声を掛けた。

「秀兼が来たぞ」

睡蓮の離れ家には、当然ながら、灯を点すための油などない。日が暮れれば、暗闇に包まれる。

早々に寝支度を始めていた睡蓮。不思議そうに小首を傾げながら、脱いでいた小袖を羽織った。帯を締め直したころには、彼女の耳にも足音が届く。

「睡蓮、いるか？」

木戸の向こうから小声を掛けてきた秀兼を、戸を開けて迎え入れる。するりと滑り込んだ秀兼は、大きな包みを抱えていた。外の様子を鋭く窺う彼を見て、黒呑が耳をそばだてる。

「誰も来ておらぬ」

睡蓮を通して黒呑の言葉を聞いた秀兼は、安堵の息を漏らし、戸を閉めた。

「兄上様、いかがいたしましたか？」

秀兼の尋常ではない様子に、睡蓮は胸騒ぎを覚える。

一瞬だけ、秀兼の体が強張った。緊張は、睡蓮と黒呑にも伝わる。

呼吸の音さえ聞こえるほどの静寂。秀兼は口を一文字に引き結び、睡蓮を見つめた。

彼の瞳には、憤りと落胆、そして決意が見て取れる。

「すぐにここを出る準備をしなさい。持ち物は邪魔にならぬよう、最低限のものだけにせよ」

「しかし兄上様、そのようなことをすれば、兄上様が」

「いいから早くしなさい」

睡蓮の言葉を最後まで言わせず、鋭い声が飛んできた。今まで秀兼から向けられたことのない、強い気迫。睡蓮は事情も分からないまま従う。

とはいえ持ち出すものなど、ほとんどない。肌着などを葛籠から選び出し、秀兼が用意してきた打飼袋に入れていく。

「足袋と脛巾はあるか？」

「足袋はありますが、脛巾はございません」

「ならば草鞋もないな」

睡蓮は冬しか使わない足袋を履き、目と首を布で隠す。

土間に下ろした睡蓮の足に、秀兼が用意してきた脛巾を巻き、草鞋の紐を結んだ。その様子を見て、遠くに行くのだと実感した睡蓮は、微かな怯えを覚える。いったい、何が起きているのか。

睡蓮が小袖を被く間に、秀兼も打飼袋を腰に巻き、笠を被った。

兄妹は黒呑を連れて、離れ家を出る。

町に行った時と同様に、山裾の雑木林を進む。

下草が高く伸びる雑木林は、歩き辛い。特に木の陰になっている場所は暗く、足下がよく見えなかった。

けれど睡蓮の手を引っ張る秀兼が、彼女の足取りを配慮せず、早足で進む。だから睡蓮は、足下の不安定さを確かめることもできず、必死に足を動かした。

余裕のない兄の背中を見つめる睡蓮の胸中は、不安でいっぱいだ。

「おい。何があった？　説明しろ」

雑木林を抜けたところで、堪らず黒呑が問いかけた。黙って付いてきたものの、事情が理解できず、彼も不満を抱いていたらしい。

「何と言っているのだ？」

狼が唸った声にしか聞こえない秀兼が、睡蓮に問う。

「説明を求めておいでです」

彼女もまた、黒呑と同じく事情を説明してほしかったので、天の助けとばかりに、兄に伝えた。

秀兼の顔が、苦痛に耐えるように歪む。心を落ち着かせるためだろう。太く息を吐き出した。足は止めることなく、重い口を開く。

「春から先、まとまった雨が降っておらぬのは、気付いておるな？」

「もちろんです」

例年ならば、夏を迎える前に長雨が続く。なのに今年は、それらしき雨が降っていない。睡蓮も、気に掛かっていた。

「この日照りを、宝珠を壊された、龍神様の怒りだと言い出した者がいてな。睡蓮を、龍神様に奉げることが決まった。愚かなことだ。もしそうならば、二年前にも、旱害が起きたはずではないか」

秀兼は苦虫を噛み潰したような顔で、吐き捨てた。

語られた内容に、睡蓮は胸を痛めつつも、わずかな救いを覚える。

処分される覚悟は、ずっとしていた。だから心の痛みは、耐えられないほどではない。

けれど、無意味に奪われると思っていた命が、国の――領民たちの役に立てるのだ。そのことが誇らしく、嬉しく思えた。

「睡蓮？　なぜ足を止める？　父上に気付かれれば、逃げられなくなる。急げ」

腕を引っ張る力を強めた秀兼に、睡蓮は首を横に振る。

「兄上様、戻りましょう」

「何を言っている？」

「私は、大名の娘です。国のために、民たちのためになるのでしたら、喜んで身を奉げましょう」

「睡蓮」

覚悟を決めてしまった妹を見て、秀兼は、悲しそうに目蓋を伏せた。ゆるゆると首を横に振って拒絶する彼に対して、睡蓮はもういいのだと、微笑む。

秀兼は涙を呑み込むように、奥歯を噛みしめる。

「不甲斐ない兄ですまない、睡蓮」

唐突に抱きしめられて、睡蓮は驚いた。

布越しに伝わってくる温もり。しっとりとした汗のにおい。厚い胸板と硬い腕が、彼女を包み込む。力強い兄の体は、小刻みに震えていた。

苦悶に満ちた秀兼の感情を読み取って、睡蓮も彼の背に腕を伸ばす。

「いいえ。兄上様は、お優しくて頼りになる、自慢の兄でございます」

ぐっと息を呑み込む音と共に、秀兼の腕に込められた力が増した。

睡蓮はわずかな痛みを覚えたものの、兄の抱擁を受け入れる。これが最後になるのだろうと、理解していたから。

家の害になると判断されれば、親兄弟ですら命を奪われる世の中だ。ずっと秀正たちから疎まれていた睡蓮。今まで始末されなかったことのほうが、奇跡と言える。

秀兼が睡蓮を護るために奮闘してくれたから。そして妖たちが、彼女に協力してくれたから。睡蓮は生き長らえたのだ。

優しい兄の嗚咽が、睡蓮の耳の奥まで染み込んでくる。

家族を苦しませることしかできない自分が悔しくて、睡蓮の目にも、涙が滲む。けれど泣いてしまえば、秀兼の心を、更に傷付けてしまう。だから睡蓮は、下唇を噛んで、必死に涙を呑み込んだ。

そんな兄妹を、黒呑が不思議そうに眺めていた。

「白龍様のもとに行くのではないのか？　俺の気のせいかもしれぬが、まるで、死に行くような覚悟をしておらぬか？　白蛇の宮に行けば、たしかに今生の別れとなるかもしれぬ。しかし、命までは取られぬぞ？」

考えていても、埒が明かないと思ったのだろう。黒呑が、申し訳なさそうに尋ねてくる。

涙が零れないよう顔を上向けた睡蓮は、引き結んでいた口を動かす。

「龍神様に奉（ささ）げられるということは、生贄（いけにえ）として、川か海に沈められるということでございます」

人の間では、龍神は水を司（つかさど）り、川などに住むと伝わる。

しかし黒呑は疑問を述べた。

「人間は、水の中では生きられまい。そもそも、白龍様のもとへ行くのであれば、水に入る必要はないぞ？」

「生贄（いけにえ）とは、そういうものでございます。御魂（みたま）が肉体から離れて神仏のもとへ行き、願いを訴えるのです」

黒呑は妖（あやかし）については詳しいけれど、神仏に関する知識は乏（とぼ）しいのかもしれないと、睡蓮は頭の片隅で思う。

熱していた気持ちに水を差されて、理性が戻ってきたのだろう。秀兼が睡蓮からゆっくりと離れていく。包まれていた温（ぬく）もりが遠ざかっていくのを、睡蓮は名残惜（なごりお）しく感じた。

運命を受け入れた兄妹は、悲しみを押し殺すために口を引き結び、深刻な表情だ。

一方の黒呑は、口を半開きにして、唖然（あぜん）としている。

「それでは、白龍様のもとへ行くというわけではないということか？　白蛇（はくだ）の嫁の命を奪えば、奪った者は当然だが、この辺り一帯、呑まれかねんぞ？」

睡蓮の涙がぴたりと止まり、表情が強張った。反射的に首が動く。瞳は黒呑を中央に映して、動かない。

「どうした？」

妹の異変を感知した秀兼が尋ねる。

しかし睡蓮には、答える余裕などなかった。黒呑を見つめたまま、身じろぎさえできない。

そんな彼女に、呆れた声が、再び投げかけられる。

「当然だろう？　白蛇が嫁を奪われて、放っておくものか。それに子煩悩な龍も、嫁を奪われた我が子を見て、おとなしくしていると思うか？」

「睡蓮？　黒呑殿は何と言っているのだ？」

重ねて問うてきた秀兼に、睡蓮は力のない声で、黒呑の言葉を繰り返す。内容を理解した秀兼までが、顔を引きつらせた。

「睡蓮。兄の言う通り、逃げなさい」

「はい」

先に立ち直った秀兼の言葉に、睡蓮は素直に頷く。

加々巳家の屋敷に戻れば、睡蓮は龍神へ生贄として奉げられてしまう。そうなれば、金川が滅びるかもしれないのだから。

事情を話したところで、秀正は納得しないだろう。瞳の色が変わったときでさえ、睡蓮と秀兼の話に耳を傾けなかったのだ。

「行くぞ」

睡蓮は秀兼に手を引かれるまま、足を急がせた。

「ですが兄上様、どこへ向かうのですか？」

加々巳家の領内では、秀正を恐れ、睡蓮を匿う者はいないだろう。

「小田和に向かいなさい。他国の者が多く滞在しているあの地ならば、お前が隠れていても、気付かれまい。落ち着いたら、必ず迎えに行く」

「兄上様は残るのですね？」

「そうだ」

跡取りは、松千代に決まっている。とはいえ秀兼は、加々巳家の息子だ。おいそれと出奔するわけにはいかなかった。

彼まで消えてしまえば、秀正は、本気で追跡に掛かるだろう。

ならば共に逃げるよりも、秀兼は家に残ったほうがよい。睡蓮を探す必要はないと言いくるめて、追手の数を減らしたり、足止めや攪乱したりしたほうが、彼女が生き延びる確率を上げられる。

「荷に地図と金を入れておいた。道順は示しておいたから、その通りに進みなさい」

いつかこうなるかもしれないと、見越していたのだろう。歩きながら、秀兼は旅に必要な知識を睡蓮に与えていく。

「松市まで駕籠を雇う。着いたら家に帰るふりをして、路地に入りなさい。それから裏道を通って、南に通じる山道に向かうのだ」

金川から小田和へは、南に山を越えていく。一方の松市は、都に上る海沿いの街道を、南西に進む。

松市に寄れば、回り道になる。けれど睡蓮が逃げるとすれば、細く険しい小田和への山道ではなく、都に繋がる街道を行くと、秀正たちは考えるはずだ。

南西に向かった痕跡を残しておけば、追手が差し向けられても、都方面に向かったと思い込ませられる。そう考えての指示だった。

「ならば俺は、松市とやらまでは、離れて付いていくとしよう。俺の存在は、お前たち以外の者は知らぬ。今は人間の目に付かぬほうがいいだろう？」

黒い狼が供にいれば、記憶に残ってしまう。その後、道を変えても、足跡を辿られかねない。

秀兼はすぐに承諾した。

「睡蓮のこと、くれぐれも頼みます」

「分かっておる。お前は少々くどいぞ」

げんなりとした顔をしながら離れていく黒呑に、秀兼が頭を下げる。

黒呑と別れた睡蓮と秀兼は、周囲を警戒しながら町を進む。

「この時間にすまないが、松市まで頼む」

すでに日は落ちて、薄暗い時間だ。今から出れば、道中で真っ暗になってしまう。

嫌そうな顔を見せた駕籠(かご)掻きたちだったが、秀兼から渡された金色の小粒を見て、表情を変えた。駕籠代だけでなく、宿代と酒代を払っても、釣りが出る。

過剰な心付けを貰った彼らは、危険な夜道を、とんぼ返りしようなどとは思わないだろう。余分に貰った金で酒でも飲み、宿を取って夜を過ごすはずだ。もしかすると、明日は松市の町を見物するかもしれない。

彼らの帰りが遅くなればなるほど、睡蓮の足跡が、秀正の耳に届くのが遅くなる。その間に、彼女は遠くまで逃げられる。

遅い時間に走らせることへの、心付けでもあるけれど、親切心だけではなかった。

「へえ。お安いことで」

何も知らない駕籠掻きたちは、現金なもので、愛想よく頭を下げる。

「気を付けて帰られよ」

「ありがとうございます」

兄妹は余人の耳を警戒して、他人行儀に、短く言葉を交わす。

「お目が悪いのに、大変ですね。揺れますから、しっかり縄を握っていてください」

「親切に、ありがとうございます」

駕籠の中に腰を落ろし、秀兼から荷を受け取った睡蓮は、天井から吊るされている縄を、両手で握りしめる。

秀兼は迎えに行くと言った。

けれど、雨が降らなければ、睡蓮が金川に戻れる日は来ないだろう。いったい、いつになるのか。

目が見えぬふりをしているため、睡蓮は振り返ることさえ許されない。目元に巻いた赤い薄布が、色を深めていく。

秀兼に見送られ、睡蓮は金川の地を後にした。

松市の町に着いた睡蓮は、駕籠を下りると礼を言って、駕籠掻きたちから離れた。

しばらく進んだ所で、まるで自分の家を目指すように、路地へ入る。

盲目と思われる彼女が一人で帰れるのか、心配したのだろう。駕籠掻きたちは、彼女の様子を、じっと眺めていた。目が見えないとは思えない、慣れた足取りで消えた彼女を見て、表情を緩める。

「考えてみれば、目が見えないんだから、夜でも関係ないんだな」

そんなことを話しながら、旅籠（はたご）の板戸を叩き、泊めてくれと頼む。

彼らが旅籠の中に消え、板戸が閉ざされたのを確認すると、睡蓮は路地から出た。

「追手はいない。行くぞ」

「黒呑様」

まったく姿の見えなかった黒呑が、物陰から姿を現す。

彼と連れ立って、睡蓮は町を抜け、南へ向かう道に逸（そ）れた。

星灯りだけが頼りの夜道。睡蓮は、前へ前へと足を運ぶ。

山に向かう道沿いには、田畑が広がっていた。

例年ならば、田には水が張られていて、蛍（ほたる）が舞う。けれど、田の底は暗く、蛍はぽつり、ぽつりとしか見えない。松市もまた、雨が降らぬのであろう。

稲の葉は、まだ健康そうだ。しかし、このまま水を与えられなければ、いずれ力を失ってしまう。

「早く雨が降って、今年も豊作になればいいのですけれども」

睡蓮は思わず足を緩め、田を眺めた。

加々巳家の領地ではなくても、領民が苦しむのは、心が痛む。それに、松市と金川は近い。こちらに雨が降らなければ、金川にも雨は降らないだろう。

「ここは見晴らしがよすぎる。止まってないで歩け」

「はい」

黒呑が言う通り、田畑に囲まれた道は、姿を隠せない。

先には、木々に覆われた山道がある。早くあそこまで行ってしまおうと、睡蓮は足を速めた。

昼間ならば陽光を受けて輝き、道に影を落として踊る梢。しかし今は黒く染まり、怪しく騒めく。先行きの見えない道程を進む睡蓮には、恐ろしく思えた。

そんな心が、足取りに表れたのだろうか。黒呑が振り返る。

「どうした？」

「大丈夫です。なんでもありません」

きっと、秀兼が秀正たちを説得して迎えに来てくれるはず。だから、それまでの辛抱だ。

迷いを断ち切った睡蓮は、顔を上げて、前を見る。

山道に入ると、道が細くなり、凹凸が目立った。小石や枝が、あちらこちらに転がっていて、睡蓮は幾度も躓く。

「夜目が利かぬと、不便だな」

黒呑が歩を遅らせ、睡蓮の足下を、導くように歩く。

梟が、ほう、ほうと、寂しげな声で鳴いていた。道の近くで遊んでいた狐が、睡蓮たちに驚いて、山の奥に逃げ込む。

睡蓮は、黒呑が見つけてくれた木の枝を杖代わりに、夜道を進んだ。

後ろを振り返っても、松市の町が姿も形も見えなくなったころ。黒呑が足を止めた。

「休んだほうがいいのではないか？」

「まだ大丈夫です」

けれど、歩き続けていた彼女の足は、悲鳴を上げている。

睡蓮の足が止まったのは、それから程なくのこと。道沿いに生えていた、木の幹に手を突き、顔を苦渋で歪ませた。

腿からふくらはぎにかけて、皮膚が張り伸ばされたような痛みを覚える。

足の裏は、肉刺が潰れたのだろうか。釘でも踏んだかと錯覚するほどの、激痛が襲う。

「これ以上は、明日からの移動に差し支える。強情を張らず、休め」

道に尻を突いて座った黒呑は、呆れた眼差しだ。

睡蓮は、夜通し歩き続けるつもりだった。でも彼の言う通り、これ以上無理をすれば、明日は歩けなくなりそうだ。

「黒呑様の仰る通りみたいです。今日はもう、休みます」

「そうしろ。先ほど社があっただろう？　引き返すことになるが、あそこで休もう」

黒呑の奨めに従って、睡蓮は来た道を戻り、鳥居を潜った。細い坂を上った先に、神社を見つけ、思わず息が零れる。

「どうぞ、一夜の宿を、お貸しくださいませ」

神様に挨拶をすると、睡蓮は拝殿に腰を下ろした。拝殿には屋根が設けられているけれど、床は草を取り除いただけで、土が見える。

皮肉なことに、あれほど願った雨が降っていないお蔭で、衣が湿ることなく眠れた。

夢の中にいた睡蓮は、足の裏にくすぐったさを感じて、口元を緩めた。

柔らかな何かが、足の裏を撫でるのだ。なんだろうかと疑問を抱いた途端に、ぱちりと目が覚める。

目が覚めても、足の裏から伝わってくる感触は、消え去らない。恐怖が体中を抱きしめた。

睡蓮は慌てて足を引き、身を起こす。

おそるおそる、足下を確かめる。小さな赤い目が二つ、睡蓮を見つめていた。

子猫ほどの大きさをした、蒲鼠という妖だ。名前の通り、鼠に似ている。毛色は黄色く、尾はふわふわで、蒲の穂を思わせた。

愛らしい姿からは、とても悪い妖には思えない。

睡蓮はほっと息を吐く。

周囲を見回す余裕もできた睡蓮は、黒呑はどこだろうと、首を動かした。けれど、彼の姿は見当たらない。食事にでも出かけているのだろう。

仕方ないことと分かっていても、今は傍にいてほしいと、心細く思う。

落ち着きのない睡蓮を、蒲鼠が不機嫌そうに、じとりと睨む。

「せっかく怪我、治してやっているのに、酷い」

「怪我を？」

蒲鼠がいるのは、睡蓮の足が置かれていた辺りだ。そう気付いた睡蓮が、足に意識を向けてみると、右足の裏に走っていた痛みが引いていた。

「ありがとう。眠っていたから、驚いてしまったの。許してくれないかしら？」

「いーよー。足、出して」

慌てて睡蓮が謝ると、蒲鼠は屈託なく許す。睡蓮は戸惑いながらも、言われた通り、足を差し出した。

蒲鼠は睡蓮の左足に顔を近づけると、肉刺が潰れて血が滲んでいた彼女の足の裏を、ぺろぺろと舐め始める。相手は妖とはいえ、眉をひそめてしまう。

けれど、明日も歩かねばならないのだ。これで足の痛みが取れるのならばと、込み上げてくる不快な気持ちを、抑え込む。

「あなたは、人の血が食事なの？」

「違う。俺が食うの、木の実。お前、白蛇の力を持つ。お前の血、妖の力、強くする」

今まで出会ってきた妖たちは、誰も睡蓮の血を求めなかった。だから彼女は気付かなかったのだけれども、どうやら白蛇の嫁の血は、妖にとって、特別な御馳走らしい。知っていたのなら、いつも世話になっていた草蜂たちにも、分けてあげたのにと、睡蓮は悔やむ。

思考を巡らせている間に、蒲鼠が両足を舐め終える。足裏の痛みは、すっかり消えていた。

「終わた。じゃあな」

「怪我を治してくれて、ありがとうございます」

蒲鼠は藪の中に帰っていく。

足の痛みが取れたからか、一眠りしたお蔭か、疲れが和らいでいた。睡蓮は、ふくらはぎを中心に足を揉みほぐす。もう一度横になると、すぐに眠りへ落ちた。

東の山から、夜が明ける。

暗く鬱蒼としていた森は、爽やかな緑に色を染め変えていく。鳥たちは弾む声で歌い、青く染まっていく空を称える。

いつもより遅い時間に目を覚ました睡蓮。足下には、黒い狼(おおかみ)が寝そべっていた。

「起きたか。体は大丈夫なのか?」

「おはようございます、黒呑様。御心配をお掛けしました。問題ありません」

「ならばよい」

頷(うなず)いた彼は、近くに置かれていた、朴(ほお)の葉を示す。大きな朴の葉の上には、草苺(くさいちご)や枇杷(びわ)が盛られていた。

「ここでは火を熾(おこ)せぬからな」

「わざわざ私のために? ありがとうございます」

肉しか食べない黒呑に、果物は必要ない。彼の優しさに胸を打たれた睡蓮の顔に、花が開くように笑みが広がる。

黒呑は軽く目を瞠(みは)ったあと、すぐに顔を背(そむ)けた。むすっとした表情とは裏腹に、尾は嬉しそうに揺れる。

睡蓮はありがたく、黒呑が摘んできてくれた果物を頂く。

小さな紅玉の珠(たま)を幾つも束ねたような草苺。口に入れるとぷちりと潰れて、甘酸っぱい汁が舌を濡らす。

金茶色の枇杷は、うぶ毛が生える皮を剥(む)くと、瑞々(みずみず)しい実が顔を出した。町で売られているものに比べれば、小振りで味も薄い。でも疲れが残っていた彼女には、却って食べやすく感じる。

「御馳走様でした。ありがとうございます」

果物を食べ終えた睡蓮は、改めて黒呑に礼を伝えた。

それから打飼袋を開いて、地図を取り出す。急いでいたのと、暗かったため、秀兼が用意してくれた地図を、まだ確認していなかったのだ。

南の山を越える道は限られている。だから迷っているはずはないと思いつつ、覗き込む。

「今は、どこにいるのでしょうか?」

昨日歩いてきた道を思い出しながら、睡蓮は地図に書き足された、朱色の線をなぞる。

しかし、時刻を計る太陽のない、夜の道。どのくらいの距離を歩いてきたかさえ、分からなかった。それに山の中では、目印が限られる。正確な位置を把握するのは難しい。

「この辺りでしょうか?」

「適当だな」

「とにかく南に進めば、きっと大丈夫ですね」

旅の経験がない睡蓮。方向さえ合っていれば、その内に小田和へ到着するだろうと、楽観的に考える。

地図をしまうと、境内の脇に流れていた湧水を、竹の水筒に汲んだ。

「一夜の宿をお貸しくださり、ありがとうございました」

旅支度を整えた睡蓮は、神社の神様に礼を述べてから、黒呑と共に発つ。

蒲鼠の力と、夜に足を揉んでおいたおかげだろう。少し張っていたけれど、歩くのに支障はない。

細い山道を、杖代わりの枝を突きながら、一歩一歩進んでいった。

昨夜はおどろおどろしく感じた山は、明るい緑で溢れていた。木漏れ日が地面で踊り、薫風が頬を撫でて追い抜いていく。

時折見かける妖たちは、草や木の葉の上で、気持ちよさそうに微睡む。

長閑な景色に囲まれているのに、睡蓮には、楽しむ余裕などなかった。

「そんなに慌てずとも、追手は来ておらぬぞ？」

歩みが速くなる睡蓮を、黒呑がなだめるほどだ。

一度振り返って後ろを確かめた睡蓮は、ようやく足を緩める。

朝から山道を歩き続け、昼も回ったころのこと。茶屋を見つけた。

壁もない、板葺き屋根の、簡素な小屋。釜を掛けた小さな竈があり、蓋の付いた桶が幾つか並ぶ。

軒には草鞋や笠がぶら下がり、奥には莚の上に、蓑が積み上げられる。その向こうにある、山から剥き出しになった岩肌には、木を削って作られた、杖が立てかけられていた。旅人が腰を休める場所だけに、旅の必需品も扱っているらしい。

床几台には、旅姿の男が一人。ゆったりと茶椀に口を付けながら、一服している。

「食べ物なら朴葉寿司。飲み物は白湯と甘酒。酒もありますよ？」

茶店の主と思われる老爺が、睡蓮を見つけるなり、声を掛けてきた。

元々食が細い上に、家を出てから緊張続きだった睡蓮は、それほど空腹を感じていない。けれど山道を踏みしめる足は、力がなくなってきている。体もだるさを覚えていた。自覚はなくても、腹は空になっているのかもしれない。

迷った睡蓮だったけれど、誘われるまま、床几台に腰を下ろす。黒香も睡蓮の足下に伏せて休み始めた。

「何にします？」

「甘酒をお願いします」

食欲を感じていなくても、甘酒ならば咽を通るだろう。栄養もある。

そう考えてのことだったが、老爺は他のものも勧めてくる。

「朴葉(ほおば)寿司はいかがです？　腹が減っていなくても、ぺろりといけますよ？　持ち運びができるから、余っても持っていける」

「では、朴葉寿司も一つ、お願いします」

「へえ」

睡蓮は腰に下げていた巾着から、銭を払う。

奥に下がった老爺は、桶(おけ)の蓋(ふた)を取る。一つには朴葉寿司が詰(つ)められ、もう一つには、白く濁(にご)る甘酒が入っていた。

柄杓(ひしゃく)ですくった甘酒を茶椀に注ぎ、朴葉寿司を一つ取って、睡蓮に差し出す。

「ありがとうございます。頂きます」

運ばれてきた甘酒を、睡蓮は口に含む。

舌が甘味を捉(とら)えるのと同時に、疲れていた体が喜びに打ち震える。咽(のど)にとろりと落とすと、待ちわびていたと言わんばかりに、吸い込んでいった。

思っていた以上に、体は栄養を欲していたらしい。

睡蓮は咽の渇きと、全身の疲労に抗(あらが)えず、甘酒を一気に呷(あお)る。

飲み終えて、大きく息を吐いたあとで、はっと我に返った。咎(とが)める者はいなくても、無作法な行動が恥ずかしく、うつむいてしまう。

誤魔化(ごまか)すように、朴葉寿司を手に取る。青々とした朴の葉の包みを縛る、藁(わら)を解いた。

中から現れたのは、刻んだ淡竹や虎杖などを混ぜ込んだ、丸い酢飯。朴の葉の上に、ちょこんと座る。酢の匂いが胃の腑を刺激して、早く食べろと急かす。

一口頬張ると、朴の清涼感のある香りと、酢の酸味が、口の中に広がる。

「美味しい」

空腹どころか、何も食べたくないと思っていたはずなのに。気付けば、ぺろりと平らげていた。

荷を失って、所在なさげに萎れる朴の葉を眺めながら、睡蓮はしばし悩む。

町まで、あとどのくらいあるのか、分からない。道中に茶屋があるかも不明だ。食べられるときに、食べておいたほうがいいだろう。

そう自分に言い訳すると、朴葉寿司をもう一つ頼んだ。

さすがに二つも食べれば、腹は満ちる。睡蓮は先に進もうと、腰を上げた。

「ここから先の茶屋は、開いていないことが多いみたいですから、もう幾つかどうですか？　道中で食べなければ、夜に食べてもいい」

この時代、飯付きの宿は、ほとんどない。薪代を払って自炊するか、外で済ませる。

睡蓮は勧めに従って、朴葉寿司を買った。

「草鞋の予備はございますか？　杖もありますけれど」

睡蓮が手にしているのは、拾った枝。一応使えるけれど、曲がっているので少し扱いづらい。

「では、草鞋と杖もお願いします」

「へえ」

藁を編んで作る草鞋は、長く歩けば駄目になる。旅をするなら、常に予備を持ち歩く必要があった。

軒にぶら下げていた草鞋から、足に合うものを見繕ってもらう。杖も幾つか試しに突いて、軽く、手に馴染むものを選んだ。

「親切に、ありがとうございました」

礼を言って、睡蓮と黒呑は茶屋を発つ。

黒呑が冷えた眼差しをしていたことに、睡蓮は気付かない。

先に茶屋を発った旅人の姿が、山の陰に隠れていく。睡蓮たちも追うように、緩く曲がる道を登った。

民家の影もない、山奥の道。狸や狐はいいとして、猪や熊と遭遇すれば、怪我を負うこともある。賊徒が潜んでいる可能性だってありえた。

だから前方を歩く旅人から、離れすぎないように歩く。そうすれば、いざというときに助けを求めることができる。黒呑がいるとはいえ、用心に越したことはない。秀兼の教えだ。

「俺から離れるなよ」

不意に足を止めた黒呑が、草に覆(おお)われた斜面を睨(にら)む。睡蓮も戸惑いながら視線を上げる。意識して見ると、草が不自然に揺れていた。

鹿(しか)か猪だろうか。警戒の目を向けつつ、睡蓮は黒呑に身を寄せる。

間を置かずして山から出てきたのは、十を超える賊徒たち。それぞれが、竹槍(たけやり)を手にしていた。

睡蓮は、とっさに前方を見る。

「お待ちください！　お助けください！」

声が届いたのだろう。先を歩いていた旅人が立ち止まり、振り返った。

助けてもらえると安心したのは、一瞬のこと。睡蓮の顔色は、先ほど以上に青ざめ、強張(こわば)る。

引き返してきた旅人が、してやったりとばかりに、醜(みにく)い笑みを浮かべていたのだ。

「残念だったな。あいつも俺たちの仲間だ」

睡蓮を囲む賊徒の一人が、彼女に向けて手を伸ばす。その武骨な手が触れる前に、黒呑が相手の脛(すね)を噛んだ。

「痛えっ！　何しやがる⁉」

こちらを蹴ろうとした賊徒の足を素早く躱し、黒呑は睡蓮の下に戻る。

歯を剥き出して唸る、黒い狼。

賊徒たちの動きが止まった。竹槍の先を黒呑に向けて、距離を取る。そのまま、攻めあぐねた。

動けないのは、黒呑も同じ。下手に攻撃に出て、睡蓮の傍を離れれば、その隙に、彼女が危険に晒される。

睡蓮が先に一人で逃げるという手も、ここでは使えない。

町の中ならば、安全な場所か、人のいる所へ走ればいい。

けれど山奥では、どこまで走ればいいのやら。途中で力尽き、賊徒たちに追いつかれてしまうだろう。

膠着状態と見て取った睡蓮は、意識して、ゆっくりと息を吐く。幾分か気持ちが落ち着くと、賊徒たちを睨み据えた。

「目的は、何でしょうか？」

「金を出してもらおう。たっぷり持っていただろう？」

どうやら男たちは、睡蓮が茶屋で支払う様子を見て、彼女に目を付けたらしい。

加々巳家からの追手ではないと分かり、睡蓮は内心で安堵する。とはいえ、事態は何も好転していない。

「お金でしたら差し上げます。ですからどうか、お見逃しください」

睡蓮は金を出そうと、腰に下げている巾着の口を開く。手を伸ばそうとした男が、黒呑に吠えられて飛び退り、彼女を睨む。

「全部寄越せ」

「それではこれからの道中、立ちいかなくなります」

「命を落とすよりは、ましだろう？」

「それは……」

その通りであるけれども、素直に頷けるものではない。

睡蓮が言う通りにする気がないと、理解したのだろう。賊徒どもが、黒呑に向かって竹槍を突き出した。そうして黒呑の意識が逸れた隙を狙って、睡蓮に魔手を伸ばす。

素早く戻った黒呑は、たった一匹で、賊徒たちの攻撃を防ぎ、睡蓮を護る。

数に押されて、防戦一方の黒呑。時間が経てば疲れが溜まり、動けなくなるだろう。対して賊徒たちは、数が多い。順に攻撃を仕掛けては休む。

不利なのは、明らかに黒呑だ。

誰か来てくれないだろうかと、睡蓮は道の両側に目を向けた。

「この時間にここを通る奴は、そうそういない。いても俺たちを見れば、引き返すだろう」

彼女の心を読んだかのように、賊徒が嘲笑う。

「お金を差し出せば、見逃してくださるのですね？」

「ああ」

「嘘だな。あいつらは、お前の身も欲している。おとなしくしていろ」

「ですが」

「心配するな」

黒呑の言葉は、睡蓮を気遣ってのものだろうと察せられた。

足手まといになるばかりで、何もできない。睡蓮は、ぎゅっと巾着を握りしめると、覚悟を決める。

「もしもの時は、黒呑様だけでも逃げてください」

「何をする気だ？」

黒呑が焦った声を上げた。

睡蓮は腰から巾着を外す。そして思いっきり、沢の下流に向けて投げた。

賊徒どもが怒声を上げ、下流側にいた何人かが、沢へ下りていく。そうして靨が薄くなったところを、抜いた懐刀を振り回しながら、駆け抜けた。

「どこへ行く気だ⁉」

慌てて黒呑が追いかけようとしたけれど、竹槍（たけやり）を一斉に突き出されて、足が止まる。

睡蓮は登ってきた坂道を駆け下りて、茶屋を目指した。

運がよければ、客がいるかもしれない。いなくても、営んでいる老爺がいるのだ。近くに人が暮らす里があるはず。そこへ助けを呼んでもらえれば、助かるかもしれない。

息が上がって、胸が苦しかった。足も痛くて、油断すれば転びそうだ。

しかし止まれば、賊徒たちに捕まる。そうなれば彼女だけでなく、黒呑まで危険に晒（さら）すことになる。

だから睡蓮は、必死に走った。

ようやく茶屋が見えてきて、睡蓮の表情が緩む。茶屋には老爺の他に、三人の男がいた。

叫ぼうとした睡蓮だけれども、息が切れて、声が出ない。それでも足音に気付いたのか、茶屋の老爺が手を止めて、睡蓮のほうを見る。

「おや？　あいつら、失敗したんですかい？」

「え？」

老爺が口にした言葉を、睡蓮はすぐに理解することができなかった。たたらを踏むようにして、足が止まる。

「目元は見えないが、こりゃまた、ずいぶんと上玉だな」

睡蓮を見た客の一人が、そんなことを言う。

嫌な予感がした睡蓮は、慌てて引き返そうとした。けれど足が滑って、尻餅を突いてしまう。

茶屋にいた男たちが、近付いてくる。旅装をまとっているが、賊徒たちと無関係の旅人ではないのだろう。

睡蓮はなんとか後退ろうとした。

這うようにして逃げる娘と、健脚の男。距離はすぐに縮まる。

「い、嫌……」

男たちが、睡蓮の目元から布を取ろうと、手を伸ばす。

視界を覆っていく掌。

恐怖が身を竦ませ、視線を逸らすことさえできない。もう駄目だと、睡蓮が諦めかけたとき、声がした。

「そいつに手を出すのは、やめておいたほうがいいぞ?」

「誰だ⁉」

人里離れた山の中。助けに来る者など、いないはず。それなのに降ってきた第三者の声に、男たちは狼狽え、辺りを油断なく見回す。

「名乗ってやってもいいが、その対価は払えるのか？」

道の先から現れたのは、都の貴族たちが着るような狩衣姿の青年だった。黒揃えの狩衣と狩袴の間からは、深緑色の小袖が覗く。

そんな装いだけでも、この辺りでは珍しい。

だが彼は、更に異様な容姿をしていた。

瞳は赤く、尖った耳は黒い毛が覆う。そして頭には、一本の角が生える。鬼と狼の血を引く妖、狼鬼だ。

「鬼だ！」

「逃げろ！」

角を持つ鬼は、人とは比べものにならない、強い力を持つ。その程度のことは、妖を見たことのない者たちも知っている。

男たちは睡蓮のことなど忘れて、山道を駆け降りていく。転がるようにして去っていく彼らは、あっという間に姿を消した。

取り残された睡蓮は、狼鬼への恐怖や、一難去ったことへの安心より先に、気が抜けてしまう。

「無事か？」

「はい。危ういところをお助けいただきまして、ありがとうございました」

睡蓮は狼鬼に声を掛けられて、ようやく我に返る。慌てて礼を述べた。

相手が鬼であろうとも、彼が助けてくれたことは事実だから。

そして、彼女は彼に、見覚えがあった。

「まったく。無茶をしおって」

狼鬼は呆れた顔をして、首筋を掻く。しかしすぐに、焦りを帯びて手を伸ばす。

「おい、どうした？　しっかりしろ！」

ぐらりと傾いた睡蓮。狼鬼の腕の中で、彼女は意識を失っている。

「まったく。世話の焼ける娘だ」

睡蓮を抱き上げた狼鬼は、賊徒たちが消えた山道を駆け登っていった。


眠っていた睡蓮の耳に、賑やかな祭囃子の音が聞こえてきた。

彼女は幼いころ、領民たちの祭りを見物したことがある。

楽しそうに踊る領民たちが、睡蓮には眩しく見えた。加わりたいと願った彼女を、お万の方は冷たい目で一瞥し、黙らせる。

睡蓮は大名の娘。領民たちに混じることは、加々巳家を貶めることになると、祭りの後で叱られた。

そんなことを、まどろみの中で思い出していた睡蓮は、ふと我に返る。

今は旅の途中。金川の地ではない。ではどこにいるのだろうかと、不思議に思いながら、身を起こす。

辺りの様子を確かめるなり、驚きで目を瞠（みは）った。

睡蓮が眠っていたのは、寂びた神社の拝殿。

空はすでに濃い藍色（あいいろ）に染まり、細い月と星が輝く。

だというのに、境内（けいだい）は煌々（こうこう）と、明るく照らされていた。

明るいだけなら、さして驚きはしなかっただろう。祭りの夜であれば、篝火（かがりび）を焚（た）くこともある。

しかし灯りの源は、空中に浮かぶ、幾（いく）つもの提灯（ちょうちん）と鬼火。人の催（もよお）しでは、ありえない光景だ。

提灯は上下に割れ、その割れ目から、大きな舌を伸ばす。古提灯が妖（あやかし）と化した、提灯お化けだろう。それがいったい、何挺あるのか。境内の至る所に浮かび、愉快気に笑う。

異様なのは、光源だけではない。

賑やかな祭囃子を奏で踊るのは、手足の生えた太鼓や鐘、笛など。

「これはいったい？」

睡蓮が唖然（あぜん）としていると、視界の端（はし）で、白いものが動く。

「やーやー、白蛇の嫁御さん。そんな所でぼけーっとしとらんと、交じりや」

「やーやー、お客さん。そんな所で腑抜けとらんと、笑いや」

童を思わせる、高く弾んだ声。視線を落とすと、白い獅子と狛犬が、ちょこんと座って睡蓮を見上げていた。

いったい、何がどうなっているのか。

戸惑う睡蓮に、獅子と狛犬は、にっと目を細め、四本の足で立ち上がる。

「付いてお出でや」

「こっちや」

二匹は睡蓮を幣殿に招く。

獅子と狛犬に、挟まれるようにして座ると、料理が運ばれてきた。運ぶのは先ほどまで踊っていた、笛や太鼓たちだ。

三方に盛り付けられた、餅や団子に、赤飯。鮎の塩焼きに、鯉の刺身。久しく食べたことのない御馳走が、次々と睡蓮の前に並ぶ。

「さ、遠慮なく食べや」

「さ、どれも美味しいで」

獅子と狛犬が、期待を込めた、熱い眼差しを送ってくる。

二匹の圧力と、美味しそうな御馳走の誘惑に負けて、少しだけならばと、睡蓮は箸を手に取った。

けれど、箸が赤飯に触れる前に、黒い毛で覆われた狼の前足が、睡蓮の手を遮る。

「やめておけ」

「黒呑様？　御無事だったのですね？」

睡蓮の意識は料理から、黒い狼に向かう。

目覚めるなり、予期せぬ状況に置かれたとはいえ、なぜ彼のことを忘れていたのか。

反省しながら、睡蓮は彼の体に怪我がないか、確かめた。

「やめろ！　どこを触っている？」

黒呑が嫌がって身を捩るけれど、睡蓮は彼の全身をくまなく確認する。

竹槍を持った賊徒どもに襲われたのだ。深手を負っても、おかしくない状況だったのだから。

「怪我はないようですね」

「お前な」

黒呑が呆れた目で、じとりと睨んでくる。しかし睡蓮は気にすることなく、ほっと胸を撫で下ろした。

「なんや知らんけど、よかったなあ。酒もあるで？」

「よう分からんけど、めでたいなあ。赤飯どうぞ？」

「やめんか」

どさくさに紛れて酒や料理を勧めてくる、獅子と狛犬。すかさず黒呑が、胡乱な目を向けたしなめる。

睡蓮は黒呑の態度に首を傾げた。なぜ共に喜んでくれる二匹を、無下に扱うのか。

「ありがとうございます。お酒は飲めませんけれど、料理を頂いてもよろしいでしょうか？」

「もちろんや。遠慮せんと、たんと食べや」

「そのために用意したんや。好きなだけ食べや」

器用に前足で三方を寄せてくる二匹の前に、黒呑が立ちふさがる。睡蓮は微かに眉をひそめた。

「異なる世界の飯を食らえば、その世界に縛られる。つまり、こいつらが用意した飯を口にすれば、お前はこの社に縛られて、境内から出られなくなるぞ？」

睡蓮はぞっとする。真意を問うため、慌てて獅子と狛犬を見た。

「殺生や。あと少しやったのに」

「後生や。もう少しやったんやで」

獅子と狛犬は、落とした肩を寄せ合い、めそめそと口惜しむ。

神に仕える身であるはずの、獅子と狛犬。彼らが人を貶めようと企むなんて。睡蓮には信じがたかった。

「なぜ、そのようなことを？」

尋ねた睡蓮の視線は、無意識に祭神を祀る本殿へ向かう。

この社の神は、人を救うために在すのではなく、害するために在すのだろうか。ならばすぐに逃げ出さなければ、危険なのではなかろうか。思い至ると、背筋がぞっと冷えた。

睡蓮の心を読んだのではと、疑りたくなる頃合いで、獅子と狛犬が語り出す。

「ここに、神様はおらんよ」

「とうの昔に、去ってしもた」

先ほどまでの、感情豊かな声音は消えていた。抑揚のない、投げやりな声。

「ここの神様は、童が元気に育つようにて、願いから生まれたんや」

「ご主人様は、童が幸せに育つようにて、加護を与えとった」

二匹は寂しさと懐かしさを乗せた瞳で、本殿を眺める。かつて在した彼らの主を、思い出しているのだろう。どこか遠い眼差しだ。

視線を地面に戻した二匹は、寂しそうに続ける。

「けど、人間の願いは変わった。童が戦で、功を挙げられますようにて」

「だから、ご主人様は嘆いた。童を戦になんか、やりたくないいて」

二匹の尻尾が、悲しげに地面を掃く。

「神様は、苦しんどった。加護を与えれば、その童が人を殺す」

「ご主人様は、悲しんどった。加護を与えねば、その童は死ぬる」

睡蓮は居たたまれなくなって、二匹から顔を背ける。

彼女とて、戦など、なくなればよいと思う。

けれど彼女の父は、領民たちに、戦を命じる側だ。国を護るための戦だけでなく、加々巳家から戦を仕掛けたこともあった。

数多の戦で、どれほどの民が、命を落としただろうか。

それに彼女も、兄の無事を祈るため、神社に詣でたことがある。戦神と伝わるその神は、いったいどのような気持ちで、人に加護を与えていたのか。

「そして、神様は狂うた」

「そして、ご主人様は消えた」

二匹は揃って、睡蓮を見上げた。

「白蛇の嫁なら、御魂は綺麗やろう。神様になれるかもしれんて、思たんや」

「白蛇の嫁なら、素質があるやろう。四百年も修行すれば、いけるやろと思たんや」

縋るような、切実な瞳。

獅子と狛犬は、小さくした背を睡蓮に向ける。時折振り返っては、しょんぼりとした、哀れな顔を見せた。

だが神になるために四百年も必要ならば、それ以上に長い歳月を、この神社に縛り付けられるのだろう。とてもではないけれど、承諾するわけにはいかなかった。

「申し訳ありません。私には、荷が重すぎます」

「気にせんでええよ？　神様を失った獅子なんて、尊ぶ奴はおらん」

「忘れてええよ？　主を護れんかった狛犬なんて、敬えんのは当然や」

言葉とは裏腹に、棘のある、ぶっきらぼうな声だ。いつの間にやら祭囃子も鳴り止み、境内には沈痛な空気が満ちていた。

睡蓮は、良心の呵責に負けそうになる。助けを求めて黒呑を見れば、彼はこの状況に、全く関心を向けていなかった。並ぶ御馳走に、舌鼓を打っている。

睡蓮には食事に手を付けるなと言ったけれど、半妖の彼なら問題ないのだろう。

それは置いておくとして、睡蓮は黒呑に、少しばかり苛立ちを覚えた。この状況で、どうして平然としていられるのか。

「黒呑様？」

意図せず尖った声が出てしまう。

太鼓の妖が注いだ酒を舐めていた黒呑が、顔を上げる。

「そいつらの言う通りだ。気にするな。その内に、新たな神が流れてくるだろう」

「そうそう来るかいな」

「連れてきてえな」

「知らぬ」

懇願する獅子と狛犬を、黒呑は仏頂面で、面倒くさそうにあしらう。

黒呑を優しい妖だと思っていた睡蓮は、彼の態度に驚く。けれどそれ以上に驚くことを、獅子と狛犬が言い出した。

「ところで、お二人の関係を聞いてもいいかね？　白蛇の嫁が、他の男と添い寝とは？」

「野暮なことは、聞いたらあかん。白蛇の嫁をさらっての、駆け落ちやろ」

突拍子もない話題を振られて、睡蓮は動転する。真っ赤に顔を染めた彼女を見て、獅子と狛犬が、したりと口角を上げた。

「図星かね？」

「春かね？」

「そのような関係ではありません」

黒呑は人の言葉を操るとはいえ、妖であり、狼だ。人である睡蓮は、異性として意識したことなどない。

白蛇に嫁ぐと決まっているが、それは秀兼を救ってもらった礼である。妖の嫁になりたいわけではないのだ。

男女のことで、からかわれることに慣れていない睡蓮。恥ずかしさで、目尻に涙まで浮かぶ。

「その辺にしておいてやれ」

「はあーい」

呆れる黒呑に揃って返事をすると、二匹は笑顔を引っ込める。

「西に行くといいで。白蛇の親がおる」

「海に浮かぶ宮に行くといいで。白龍様がおる」

「好いた御方がおるんですて、言えばいい。恋路の邪魔は、誰にもできん」

「白蛇の嫁にはなれんて、言えばいい。まだ番ってないなら、話を聞いてくれるやろ」

二匹の言葉が、睡蓮の心に温かな灯火を点けた。

けれど、彼女はすぐに、その火を吹き消す。

白蛇には、大恩があるのだ。願いを叶えてもらっておきながら、対価を踏み倒すなど、許されるはずがない。

光を見てしまったことで、闇は一層、深さを増す。

「戯言だ。気にするな」

うつむいた睡蓮を見て、どう受け取ったのか。黒呑が優しく囁いた。

肩を竦めて悪戯っぽく笑った獅子と狛犬は、睡蓮から、酒を飲み続ける黒呑へ関心を移す。

「美味いかね？」

「楽になったかね？」

「まあな」

味はともかく、楽になったとはどういうことだろうか。

睡蓮の疑問を読んだのか、獅子と狛犬が視線を上げた。

「ここで出すのは、御神酒や」

「旦那さんの体には、薬になるんや」

二匹の黒呑を見つめる瞳には、羨望と後悔が滲む。彼らがなぜそんな目を黒呑に向けるのか。睡蓮には分からない。

「さて、しんみりしたのは終わりや」

「さて、そろそろ楽しもうや」

睡蓮が疑問を口にする前に、獅子と狛犬に促されて、祭囃子が再開した。

妖たちが陽気に踊る輪に、睡蓮も、獅子と狛犬に誘われて加わる。

「適当で、ええんやで」

「楽しむのが、一番やで」

周りの動きを真似しようとする睡蓮を見て、二匹と妖たちが笑う。

人とは異なる姿を持つ妖たち。彼らの踊りを真似るなど、無謀だった。

睡蓮は、昔見た祭りを思い出しながら、手足を動かす。

幼いころに抱いた夢が、ちょっとばかり形を変えて、叶っていく。一緒に踊っているのは、金川の民たちではなく、不思議な姿の、妖たちだけれども。

妖たちの宴は、明け方近くまで続いた。最後まで付き合わされた睡蓮は、ふらふらになりながら横になる。

目が覚めると、そこは荒れ果てた社だった。下草は伸び放題。建物のあちらこちらに蜘蛛が巣を張っている。

昨夜は、これほど荒れてはいなかった。灯りに照らされた本殿は白木が美しく、境内は綺麗に整っていたのだ。

打って変わった景観に、睡蓮は驚愕する。

「夢だったのでしょうか？」

目を瞬いて首を傾げると、黒呑がくつりと笑った。

「夜は妖の時間だ」

彼の視線の先を追うと、境内の入り口に建つ、獅子と狛犬の像が目に入る。夜の間、生きているかのように動き回り、喋っていた彼らは、今はまったく動きそうにない。

「誘いを断ってしまいましたけれども、獅子様たちは、どうなるのでしょうか？」

荒れ果てた境内。このままでは社ごと朽ちて、彼らも消えてしまうのではないだろうか。そんな心配が、睡蓮の心を重くし、騒めかす。

「あれらが諦めると思うか？　その内に、何かを引き摺り込むだろうよ」

睡蓮を神にするために、四百年もの歳月を掛けようと考えるくらいだ。それだけの時間があれば、彼らが仕えるに相応しい神が、現れるだろう。

気持ちを取り直した途端、睡蓮の腹が、ぐうっと鳴った。

頬を赤らめながら、睡蓮は何かないかと荷を解く。すると、中から朴葉寿司が出てきた。

睡蓮の脳裏に、昨日のことが浮かぶ。親切な老爺だと思っていたのに、実態は、賊徒の仲間だった。

「すまぬ。お前を運ぶだけで手いっぱいだった。これから金を取り返しに行ってくるから、ここで待っていろ。全部残っているかは分からないが、そこはお前が勝手に動いた迷惑料として、見逃せ」

睡蓮が朴葉寿司を見つめていたせいで、勘違いしたらしい。黒呑が、そんな提案をする。

黒呑に視線を向けた睡蓮は、首を横に振った。取り返しに行くということは、黒呑を再び危険に晒すということだ。

それにもう一つ。睡蓮には、気になることがある。

「いいのです。あのお金はきっと、彼らに与えるためのものだったのでしょう」

「何を言っている？」

「当家が、彼らから国を奪ったのかもしれません」

賊徒たちが、加々巳家と関わりのある者とは限らない。それでも金川からの距離を考慮すれば、無関係とも言い難かった。

言葉にすると、胸に苦いものが広がる。苦味は増して痛みとなり、睡蓮は、抑え込むために目を閉じた。

「金川の民だった可能性だって、あるのです」

戦えない男は、厄介者として扱われる。身分が低いほど、その傾向は強い。

怪我を負ったせいで、行く当ても、生きる術も見つけられず、賊徒に落ちてしまったのかもしれない。

彼ら自身が金川の出身ではなくても、民を先導する大名の娘として、他人事とは思えなかった。

「だとしても、お前が金を恵んでやる理由にはならない。味を占めて、他の人間を襲うかもしれないのだぞ？」

「そうですね」

賊徒たちの行為は、許されるものではない。分かっていても、睡蓮は奪われた金を取り返したいと、思えなかった。

「もっと国が豊かであれば。傷付いた者たちを養える余裕があれば。変わるのでしょうか？　どうすれば、戦のない世を、築くことができるのでしょうか？」

顔を上げると、境内の入り口に、獅子と狛犬の像が見える。彼らの主であった、この社の神は、戦のせいで狂い、消えてしまった。

視線を手元に戻すと、掌に乗る、朴葉寿司が映る。睡蓮を襲った賊徒たちの、一味が作ったものだ。

旅人の腹を満たし、疲れた体を癒す、優しい心遣いを感じる朴葉寿司。包みを開いて口にすると、昨日食べたものよりも苦く感じた。

一口一口、睡蓮は大切に噛みしめて、呑み込んでいく。

「お前が背負い込むことはない」

「雨粒は小さいですが、川や池を満たします。それでも、初めの一滴が落ちてこなければ、雨は降らないのです」

睡蓮だけでは戦を止められなくても、行動を起こせば、別の誰かも動き出すかもしれない。

とはいえ、白蛇(はくだ)の嫁となる運命を持つ身だ。人の世で暮らす時間は限られる。

荷を背負った睡蓮は、もやもやとした心のまま、主のいない本殿に一礼して、境内を出ていく。獅子と狛犬の像の前まで来たところで、足が止まった。

「どうか皆様にも、幸せが訪れますように」

手を合わせて祈りを奉(ささ)げた睡蓮は、草が茂(しげ)る細道を下る。朱が剥(は)げて、腐りかけた鳥居を潜(くぐ)ると、もう一度礼をしてから、旅路に戻った。

四章

野宿を挟みながら、幾つかの村や町を抜け、山地を越える。立ち寄った町で、被いていた小袖などを売って、路銀とした。

そうして睡蓮はようやく、小田和に辿り着く。

小田和の町は、家々がひしめき合っており、大勢の人が道を行き交う。

店に並ぶ品も、種類が豊富だ。麦や米といった日常的なものから、希少な塩や砂糖まで、豊富に揃っている。更には色鮮やかな反物。珊瑚や玉を使った髪飾り。紅や白粉など。金川では中々手に入らない品まで、並んでいた。

賑やかな人々の声の中には、様々な国の訛りが混じる。どうやら方々から、商人たちが集まっているらしい。

「凄いですね」

好奇心に負けた睡蓮は、落ち着きなく、周囲をきょろきょろと覗く。

「俺だからいいものの。人間と歩いていたら、確実にはぐれるぞ？」

「そんな気がいたします」

慣れない人の波に、押し流される睡蓮。黒呑は器用に人々の足下を縫いながら、付かず離れず、付いてくる。

市で商（あきな）いをしているのは、店持ちの商人ばかりではない。莚（むしろ）の上に、野菜や魚を並べた女たち。刀を振り回して、薬の効果を披露する薬売り。見ているだけでも、充分に楽しめる。

だが小田和の凄さは、町だけではない。視線を上に向けると、小高い山に、見事な城が見えた。

麓（ふもと）から剥（む）き出（だ）しの山肌に、木造りの柵や門が列（つら）なる。

そして頂（いただき）に近付くと、堅牢な石垣に変わっていく。その石垣の上には、瓦（かわら）屋根を葺（ふ）いた白壁の塀。これらに護（まも）られる形で、頂には立派な屋敷が整う。

何より目を引くのは、屋敷より更に高い位置に設けられた、五重七層の館。塔のように高くそびえ、見る者を圧倒する。後に天守閣と呼ばれるようになる、その建造物は、弓木家の力をまざまざと見せつけた。

戦のためだけに造られた、金川の山城とは違う。力ある者だけが得られる、荘厳な城だ。

「兄上様が弓木家と縁を結びたがっていた理由が、よく分かりました」

睡蓮は政（まつりごと）に詳しいわけではない。そんな彼女でも、小田和を見れば、加々巳家と弓木家の差を、はっきりと感じる。

考え事をしていた睡蓮は、目の前に現れた町人風の男に気付かず、ぶつかった。

「おっと、ごめんよ」

「こちらこそ、申し訳ございませんでした」

男は謝罪を聞き終える前に、人混みに紛（まぎ）れる。

「急いでいるのかしら？」

先に進もうとした睡蓮の袖を、黒呑が咥（くわ）えて止めた。

「阿呆（あほう）。銭の入った巾着を、抜き取られたぞ」

「え？」

「追いかけるぞ」

睡蓮は状況を呑み込めず、立ち尽くす。

その間にも、黒呑は人の波を縫って、掏摸（すり）の男を追いかけていく。慌てて睡蓮も、黒呑の後を追いかけた。

しかし、人混みに慣れない彼女は、思うように進めない。わずかに進んだところで、立ち往生する。

「大丈夫か？」

「すみません。逃げられてしまいましたか？」

「まだ匂いは辿れる。焦らず付いてこい」

再び追いかけようとした黒呑だったけれど、足を止めた。掏摸の男が逃げた方角に顔を向けて、耳を立てる。

「黒呑様？」

「どうやら、捕まえてくれた者がいるらしい。こちらへ来るぞ」

間もなくして、三十路間近の男が、人混みから現れた。

袴も羽織物もつけない着流し姿は、身分の低い者たちに見られる装いだ。けれど、彼がそんな身分でないことは、身につけている品物の質を見れば分かる。

黒地の小袖に施されているのは、鳳凰を描いた見事な刺繍。着こなしはだらしなく、緩んだ襟元からは、引き締まった胸板が覗く。

後頭部の高い位置で結われた髷の根元には、飾り紐が巻かれ、風に揺れる。

左の腰には、朱塗りに金箔を蒔いた鞘に、朱の柄糸を巻いた太刀。右の腰には、酒が入っていると思われる、瓢がぶら下がっていた。

なんともちぐはぐな格好の男は、この辺りで伸八と名乗っている、素性不明の風来坊だ。

伸八は真っ直ぐに、睡蓮のほうへ歩いてくる。近付くにつれて、睡蓮の目にも、彼の異様さが目に付く。

けれど睡蓮と黒呑の目は、伸八の奇抜な装いよりも、彼の右肩に吸いつけられた。赤く燃える鳥の妖――火焔鳥が、肩の上で、くつろいでいるのだから。

「熱くないのでしょうか？」

「妖の火だ。火焔鳥が敵意を向けなければ、燃やされることはない」

睡蓮は伸八の肩が心配で、目を離せない。

なにせ、炎が鳥の形を成しているという外見だ。熱くないと説明されても、にわかには信じがたい。

「ほれ。取り返してやったぞ」

「ありがとうございます」

いつの間にか、伸八が睡蓮の前まで来ていた。差し出された巾着を受け取った睡蓮は、ほっと胸を撫で下ろす。その様子を、伸八が、じっと見つめる。

「あの、何か？」

「いや。掏られたのに、怒りがないのだなと思ってな」

「忘れておりました」

睡蓮の意識は、掏られたことよりも、火焔鳥に向かっていた。けれど、そんな事情など知らない伸八は、可笑しげに白い歯を見せる。

「怒ることをか？　妙な女だ」

そう言うと、睡蓮の顔を覗き込むように、顔を近付けてきた。

睡蓮が驚いて身を引くと、ふっと鼻で笑う。

「酒臭かったか？　先ほどまで飲んでいたからな。お主が掏られたのを見て、飛び出してきたのだ。よければ一緒にどうだ？　奢ってやろう」

「酒は嗜みませぬので」

「ならば飯か。昼はもう終えたのか？」

「いえ、まだでございます。しかし見ず知らずの御方に、お金を取り返していただいた上に、そのようなご迷惑までお掛けするわけにはまいりません」

「俺は仲八だ。見るに、旅の者だろう？　小田和の土産話が、掏摸と遭遇したというのでは、面白くない。付いて参れ」

有無も言わさず、仲八は歩き出す。

「悪意はない。大丈夫だろう」

黒呑と顔を見合わせた睡蓮は、戸惑いながらも、仲八を追いかけた。

仲八に連れていかれたのは、市から外れた場所に立つ、屋敷だった。

「お紫野、この娘に飯を。狼にも、何か見繕ってやってくれ」

「承知いたしました」

迎えに出てきたお紫野が、下働きの女たちに指示を出す。その間に、仲八はさっさと草履を脱いで、奥に入っていった。

どうやらここは、彼の家らしいと、睡蓮は予想する。

「狼様は、庭からお連れいたします」

「よろしくお願いします」

黒呑だけを外で待たせてしまうのは、申し訳ない。とはいえ、睡蓮以外の人から見れば、彼は獣。部屋の中に上げてくれとは、さすがに頼めなかった。

そんな心配をしていた睡蓮は、杞憂だったと、表情を緩める。

「足をすすがせていただきます」

旅装の睡蓮のために、女の一人が、湯を張った盥を運んできた。草鞋を脱がされ、足を丁寧にすすぐ。

「お手をどうぞ」

「ありがとうございます」

目が見えないと思っているからだろう。睡蓮の手を引いて、奥に導いた。

座敷には、畳が敷き詰められている。

加々巳家でも、主殿の一部には、畳を敷いていた。しかし万両殿では、秀正が訪れたときや眠るときしか、畳を敷くことはない。それほどに、畳とは、贅沢な品だ。

いったい仲八は何者なのか。それとも小田和の地が、よほど潤っているのか。

睡蓮は思考を巡らせながら、促されるまま腰を下ろす。

庭に目をやると、黒呑が湿らせた布で、体を拭かれていた。座敷に視線を戻すと、仲八が早々に酒を嗜む。

膝前に手を突いた睡蓮は、仲八に向かって頭を垂れた。

「先ほどは助けていただきまして、ありがとうございました。また、このような席にお招きいただきましたこと、重ねて感謝申し上げます」

「堅苦しい挨拶はよせ。それよりも」

仲八が軽く手を振ると、女たちが部屋から出ていく。人払いが済んだところで、睡蓮の前に進み出る。

警戒する黒呑を、仲八は一睨みした。呼応するように、彼の肩に停まる火焔鳥が、翼を広げて威嚇する。

「そこでおとなしくしておれ。堕ち者が」

冷たい眼差しを落とす火焔鳥に、黒呑は言い返しもしない。苦々しく顔を歪めて、庭の土に爪を喰い込ませた。

睡蓮は、迫る仲八よりも、黒呑の様子が気になる。

そんな彼女の視界が、突然、暗くなった。後頭部に押されたような感覚を覚え、こめかみを布がこする。次いで目蓋に訪れた、解放感。

目を隠していた布が、仲八に奪われたのだ。

とっさに目を閉じた睡蓮は、そのまま閉じ続ける。

けれど――

「隠すな。目を開けよ」

先ほどまでの、気安げな声とは違う。低く重い声が、睡蓮の耳から鳩尾へ落ちていく。

抜き放たれた太刀の刃を、首元に突き付けられたかと錯覚しそうなほどの、冷たく、恐ろしい声。

「見えぬ芝居は、中々のものだった。だが、俺の目は誤魔化せぬ。お前、どこの間者だ？　何を調べに来た？」

「間者？」

「しらばっくれるな。弓木家を調べに来たのであろう？」

やはりと言うべきか。仲八は、弓木家の関係者だったらしい。

それはいいとして、何か大きな勘違いが起きている。

「誤解でございます。私は間者などではございません」

「偽りを申すな。ならばなぜ、盲目のふりをする？　女一人で、なぜ小田和に潜り込んだ？」

睡蓮は慌てて否定するが、仲八の態度は緩まない。

旅には危険が付きまとう。よほどの事情持ちでなければ、女の一人旅などしない。ましてや盲目を装うなど、賊徒を誘っているようなものだ。

仲八が疑念を抱くのは、もっともなことだった。

「すまぬ。すっかり騙されたらしい。今の今まで、敵意は感じ取れなかった」

黒呑が、火焔鳥と睨みあったまま、申し訳なさそうに呻く。彼の嗅覚を惑わすほど、仲八の芝居は巧妙だったらしい。

じりじりと焼けるような緊張感が、睡蓮の呼吸を乱す。背中が汗ばみ、膝の上に置かれた手は、強く握りしめられていた。

仲八の威圧は、弱まることを知らない。むしろ、徐々に苛立ちが増している。

「よかろう。畳は後で替えさせればよい」

睡蓮の背筋が、ぞわりと総毛立つ。

仲八の言葉の意味を、武家の娘として生まれた彼女が、分からないはずがなかった。

拷問をして、吐かせると言っているのだ。

これ以上黙っていれば、分は悪くなるばかり。そして、逃げ場はない。

睡蓮は、覚悟を決める。

けれど、どうしても譲れないことがあった。

「一つ、お願いがございます」

「ものによる」

温かみなど、一切感じられない、冷淡な声。それでも耳は、傾けてくれている。

睡蓮は怯みそうになる心を奮い立たせ、息を吸う。

「黒呑様は――そちらの狼だけは、どうか、お見逃しくださいませ」

「おい？　何を言っている？」

黒呑が驚愕に、怒りと焦りを混ぜて叫ぶ。だけど睡蓮の意識は、仲八から逸れない。目蓋を落としたまま、目の前にいるであろう、仲八と対峙する。

仲八は睡蓮を視界に留めたまま、黒呑を窺う。

睡蓮にとっては、人語を喋り、人と変わらぬ知性を持つ、特別な存在だ。しかし妖を見ることのできない只人にとっては、単なる狼にすぎない。

自分の命が危機に陥っている状況で、なぜ狼のことなど気にするのかと、訝しく思ったのだろう。

「いいだろう。後で山に逃すよう、取り計らってやる」

「ありがとうございます」

言質を取った睡蓮は、警戒されない程度に、頭を軽く下げて、謝意を伝える。それから真っ直ぐに顔を正し、目蓋を上げた。

赤い瞳に映ったのは、目を見開いて驚愕する、伸八の顔。

「なんだ？　その目は？」

「妖と取り引きしたことによってもたらされた、妖の瞳です。目を隠していたのは、この赤い瞳を隠すため。他意はございませぬ」

「妖？」

訝しげに眉を寄せる伸八の顔には、疑念の他に、隠しきれない好奇心があった。まるで童のように目を輝かせて、睡蓮を興味深げに凝視する。

睡蓮は、身許が分からないように注意を払いながら、伸八に事情を話す。

瀕死の重傷を負った兄。救いたい一心で、彼女は祠に祈った。結果、兄は救われる。しかし代わりに、白蛇の嫁となると約束させられた。

「その日から、私の瞳は、赤く染まってしまいました」

伸八は、一言も発さない。

膝が当たりそうなほど近くで、胡坐を掻き、あごに手を添えたまま、睡蓮をじっと見つめ続ける。

その目を見つめ返しても、彼の心は読み取れない。冷たく凪ぎ、微動だにしなかった。

睡蓮は、針の筵に座らせられている、罪人の気分になってくる。居心地の悪さから逃げたくて、視線を外した。

一方、伸八の肩に停まる火焔鳥は、威嚇はやめたものの、黒呑から目を逸らさない。その黒呑は、火焔鳥を警戒しつつ、睡蓮を気に掛ける。

「よし、決めた」

伸八が膝を叩いて動き出す。雲が晴れたかのように、重苦しかった空気が、一気に取り除かれた。

「お前、名は？」

「睡蓮と申します」

「よし、睡蓮。お前、俺の嫁になれ」

「は？」

睡蓮だけでなく、黒呑の口からも、素っ頓狂な声が零れ落ちる。火焔鳥までもが、呆気に取られた目を伸八に向けた。

「白蛇の嫁とは面白い。妖から嫁を奪うのも、一興だろう」

愉快げに笑う伸八を、睡蓮は、唖然として見つめる。彼の思考は、妖以上に、理解の範疇を凌駕していた。

「白蛇様は、執着が強いと聞き及びました。そのようなことをなされば、あなた様だけでなく、この小田和の地まで、どのような災厄に見舞われるか。お考え直しくださいませ」

「蛇が束になって掛かってきたところで、蹴散らしてくれるわ。天下を一つにまとめるのに比べれば、容易いことよ」

妖の恐ろしさを理解していないのだろうか。伸八は、まったく意に介さない。

黒呑が呆れた眼差しを、伸八から、火焔鳥に移す。

「その男は、阿呆なのか？」

「うつけと呼ばれておったな」

「そのような者に、なぜ憑いている？」

「飽きぬからな」

二匹の妖の会話を、聞くともなしに耳に入れた睡蓮は、引きつりそうになる口元を、なんとか抑える。

ずいぶんと不遜な会話だ。伸八に聞こえていれば、斬られかねない。

「話しぶりや所作から見るに、武家の娘であろう？　それも、それなりの家柄の。ならば俺の嫁に迎えても、問題はあるまい」

「大ありでございます」

睡蓮の口が、反射的に動いた。

「心配するな。揚羽は弁えておる。側室の一人や二人迎えたとて、文句は言わぬ」

「お紫野殿が奥方ではないのですか？」

「お紫野は妾だ。正室は揚羽だな。武家では珍しくあるまい？」

「問題はそこではございませぬ」

睡蓮は頭痛を覚え、眉間にしわが寄る。

身許を明かせば、この場は引いてくれるかもしれない。けれど、家から逃げてきた身である睡蓮は、素性を明かすわけにはいかなかった。

「そもそも、私を間者とお疑いだったのでございましょう？　それがどうすれば、このように話が変わるのです？」

「疑いは晴れた。そして話が変わったのは、俺の気が変わったからだな」

睡蓮は頭を抱え込もうとする腕を、ようよう抑え込んだ。

このままでは、彼の口車に乗せられて、予期せぬ事態を招きかねない。そんな懸念を覚えた睡蓮は、彼の気を逸らそうと、話題を変える。

「盲目の芝居と仰っておられましたが、私は目を布で覆っていたのみ。演じてはいませんでした。いったい、どの点を、芝居と思われたのでしょうか？」

本当は目を隠す以上、盲目の芝居をしたほうがいいと、睡蓮も考えていた。しかし、慣れない旅だけで、精一杯。演技する余裕など、なかったのだ。

「俺が近付いた時、俺の顔から、わずかに視線をずらしていただろう?」

目が見えないと、聴力に頼る。すると目ではなく、耳を相手に向けてしまう。

そんなことをしただろうかと、睡蓮は記憶を手繰る。

彷徨う彼女の視線が、伸八の肩で止まった。そこでは警戒を解いた火焔鳥が、羽繕いをしている。

炎なのに、繕う必要があるのだろうか。睡蓮は不思議に思って見つめてしまう。そんな彼女を見て、伸八が声を上げた。

「それだ」

どうやら火焔鳥を見ていたことが、原因だったらしい。

「あと、町で危うげに歩いてもいたな」

大勢の人に戸惑い、巧く歩けずにいた睡蓮。その挙動を、彼は盲目の芝居と捉えたみたいだ。

睡蓮は人の波を、精一杯、泳いでいたつもりだった。胸が鈍く痛み、顔が赤みを帯びていく。

くつくつと笑う声に目を向けると、黒呑と火焔鳥が、肩を震わせていた。睡蓮の視線に気付くと、揃って顔を背ける。

一言物申したいと思う睡蓮。だけれども、言い返す言葉は浮かばなかった。浮かんだとしても、妖を見られない伸八の前だ。口にするわけにはいかない。

二匹に苦言する姿は、狼と、何もない虚空に向かって、文句を言っているように見えるだろう。

睡蓮は口をへの字に曲げて、不満に耐える。

「周囲に仲間がいると考えて、しばらく見張っていたのだが、一向に気配がつかめない。よほどの手練れと警戒していたというのに。勘違いだったとはな」

仲八が愉快げに、呵々と笑う。

「まさか、不用心すぎて疑われたとは」

黒呑の呟きが、睡蓮の心を穿った。

「さて、事情は理解した。約束通り、飯を奢ろう」

奪った赤い布を返した仲八は、睡蓮が目元を隠すのを確認してから、手を二度叩く。

間を置かずに、料理を乗せた膳が運び込まれてきた。

夏鴨の味噌焼きに、鯛と冬瓜の煮もの。蛸と韮の酢味噌和え。汁には蓴菜と梅肉が、彩りよく沈む。

漆器の椀には、金箔や朱漆で絵付けが施されている。蓋を取ると、真っ白に輝く白米が盛られていた。

飯といえば、玄米に、麦や雑穀を混ぜたものが一般的である。身分が低ければ、玄米すら中々口に入らない。精米された白米は、それだけで御馳走だ。

　豪華な膳を前にして、睡蓮は気後れする。

「遠慮なく食するといい」

　勧める仲八の前にも、酒と共に膳が並ぶ。言葉通り、彼は遠慮なく、夏鴨の味噌焼きを頬張った。

「ありがたく、頂きます」

　睡蓮は面食らいながらも、箸を伸ばす。

「美味（おい）しい」

　ふわりと甘い湯気が立つ白米は、口の中で甘味を広げながら、解（ほぐ）れていく。玄米に比べて、柔らかいことは理解していた睡蓮だけれども、あまりの柔らかさに、面食らう。

　睡蓮を窺（うかが）っていた仲八が、面白そうに目を細めた。

「小田和の米は、柔らかいのですね」

「火の通し方が違うのだ。茹（ゆ）でてから蒸す」

　通常、米は蒸すものだ。だが小田和では、一度茹でて柔らかくしてから、軽く蒸すのだという。そうすることで、米がしっかり湯を吸い込み、柔らかくなるのだと、仲八は自慢げに説明する。

夏鴨の味噌焼きは、冬鳥に比べて脂が少なく、あっさりとしていた。表面に塗られた味噌が、軽く焦げていて香ばしい。

鯛は滑らかな舌触りで、淡白な味。出汁の味をしっかりと吸い込んだ冬瓜は、口の中でとろける。つるんとした咽越しの蓴菜は、汁と共に、咽の奥へ落ちていく。

弾力がありながら、柔らかな蛸。香りの強い韮との組み合わせには、さっぱりとしながら濃厚な、酢味噌がよく合っていた。

「どれも素晴らしく美味しいです。小田和は栄えていると伺っていましたけれど、想像を絶していました」

町の景色も、目の前の料理も、小田和の豊かさを、見せつけてくる。

「まだまだ序の口だ。これからますます栄える。今にこの小田和が、都になるのだからな」

酒を口に含みながら、伸八が獰猛な笑みを浮かべた。彼のぎらぎらと光る目を見て、睡蓮は息を呑む。

「本当に、天下を一つになさるおつもりですか？」

「そう言っておる」

「なぜですか？」

天下を一つにするためには、他国を支配下に置く必要がある。自ら降る国ばかりとは、限らないだろう。つまり、戦が増える。

睡蓮の脳裏に、彼女を襲った賊徒たちや、悲しげに肩を落とす、獅子と狛犬の姿が浮かぶ。

「男子たる者、天下を目指すのは、当然であろう？」

にやりと口の端を上げる仲八に、睡蓮は冷えた眼差しを向ける。そんな理由で、多くの命を奪うのか。怒りまで湧いた。

睨みつける睡蓮に、たじろいだわけではないだろう。けれど、仲八から笑みが消えた。猛禽類に似た眼光は、母親に叱られた童のように、しょげていく。

視線をさ迷わせ、首筋を掻く。ちらりと睡蓮の様子を窺った彼は、大きな声を上げて、頭を掻き毟りだした。

「ああ！　男子の本懐！　それでいいではないか？　何が気に食わぬ？」

「戦が起これば、多くの命が失われます。生き延びた者も、生活を奪われましょう。国や民たちを護るためならばまだしも、進んで戦を仕掛けるならば、相応の理由が必要ではありませんか？」

「仕掛ける前に、弓木に降るよう、伝えておるわ。戦で従わせるは、刃向う奴らだけよ」

乱世だからといって、むやみやたらと、戦を仕掛けるわけではない。事前に相手方に通達し、互いの条件を出し合って、話し合いで解決することも多かった。

とはいえ、縁もゆかりもない弓木家に降るのだ。本心から歓迎する者は、少ないに違いない。

仲八は、膝に肘を置く。掌底に乗せた顔はふてくされ、口を尖らせていた。

庭を睨みつける仲八が、ぽつりと呟く。

「戦を失くすには、天下を一つにするのが、一番だ。その過程で、数多の血が流れるだろう。だが、これから何百年も乱世が続くよりかは、ましであろう？」

不機嫌な顔で酒を呷る仲八の耳は、ほんのり赤く染まる。

睡蓮は彼を、まじまじと見た。自ら戦火を広げながら、その本来の目的は、戦を失くすことだというのだから。

彼女の視線が気に入らなかったのか、仲八は、ますます仏頂面になる。

くつくつと、笑う声が響く。睡蓮が視線を向けると、火焔鳥が、うっそりと笑みを浮かべた。

「面白いだろう？　口だけでなく、行動力と、才もある」

「それは」

応じかけた睡蓮は、慌てて口をつぐむ。

仲八に、火焔鳥の姿は見えない。彼に話しかけていると、誤解されてしまう。

「なんだ？　言ってみろ」

拗ねた童のように、仲八が睡蓮を睨んだ。わずかに漏れた声を、聞き留められてしまったらしい。

「他に方法はないのかと思いまして」

「あるのなら、教えてくれ」

とっさに返したものの、彼も考え抜いた末の結論だろう。不機嫌さが増していく。

対話だけで解決するのは難しいと、睡蓮も分かっている。金川だって、何度も攻められ、凌いできたのだから。

それでも、何か別の方法はないものかと、睡蓮は頭を捻った。

考え込む睡蓮を横目で見ていた仲八が、居心地悪そうに首筋を掻く。

「すまぬ。八つ当たりだ。……ところで、俺の右肩に、何かいるのか？」

思考を切り上げて、睡蓮は顔を上げる。

仲八がにやりと笑い、自分の右肩を指さした。

「芝居でないのならば、ここに何かを見ているのだろう？　何が見える」

すでに妖の瞳は見られている。とはいえ話していいものか。逡巡した睡蓮は、火焔鳥を窺った。

「なるほど。俺の声を、お主を通じて、こやつに伝えることができるのだな。では伝えよ。才と志は充分であるが、傲りがすぎれば、天運は尽きようとな」

頷いた睡蓮は、仲八に向き直る。

「鳥の姿を模った、炎の妖が憑いております。その妖が申すには、才と志は充分ですけれど、傲りがすぎれば、天運は尽きるそうです」

仲八がぽかんと口を半開きにして、睡蓮を凝視した。数拍の間を置いて、笑みを広げる。

「そうか」

嬉しそうに頷くと、すっと真顔に戻った。映るもの全てを燃やしつくしそうな眼光が、睡蓮を射抜く。

「俺は傲っているのか？　浮世離れせぬよう、こうして暇を見つけては町に下り、民に混じっているが」

「山を焼いただろうが」

「山をお焼きになったとか」

「あれは坊主が悪い」

仲八が、大仰に顔をしかめる。

弓木家はしばらく前に、とある宗派の門徒が立てこもる山を、焼き討ちした。門徒や事情を知らない民たちからは盛大に批判されたが、当主の弓木伸近は、強硬な姿勢を崩していない。

「坊主とやらは知らぬが、山には鳥の子もいたのだぞ？」

妖であろうと、鳥の姿を持つ火焔鳥にとって、鳥は特別な生き物なのだろう。不機嫌そうに仲八を睨む。

普段は言葉が届かぬ分を、取り返そうとしているのか。それとも元来の性格なのか。睡蓮を間に挟み、火焔鳥は、ぽんぽんと仲八に言葉を投げる。

一しきり、やり取りを終えると、仲八は気まずげに頭を掻いた。

初対面の睡蓮に、個人的な悪癖まで知られてしまったのだ。よい心持ちではないだろう。

睡蓮も申し訳ない気がして、彼と視線を合わせられない。

機嫌がいいのは、言いたかったことを全て伝えられて、満足そうに胸を膨らませている、火焔鳥だけだ。

「さて、腹も膨らんだろうし、そろそろ行くか」

座敷に流れる空気を、無理やりに断ち切って、仲八が立ち上がった。

「素晴らしいもてなしを、ありがとうございました」

睡蓮はお紫野たちに礼を言って、仲八に続く。

屋敷の外には、二挺の駕籠が待っていた。漆塗りに絵付けを施した、美しい駕籠だ。

睡蓮は、その駕籠に押し込まれてしまう。

座敷で交わした、睡蓮を嫁に貰い受けるという申し出。その場限りの戯言ではなく、実行するつもりらしい。

彼にはすでに正室がいるので、側室として迎えるつもりだろう。

正室に比べて側室は、選定条件が緩く、迎え入れる手順も少ない。けれどそれは、支配下にある家の娘を迎える場合だ。

睡蓮は、他国の者である。それも一国を治める大名の娘だ。冷遇されていたとはいえ、易々と娶れる娘ではない。

知らないからか。それとも、どんな相手だろうと、手に入れられると思っているのか。

睡蓮が仲八の考えを読みあぐねていると、本人が駕籠に首を突っ込んできた。

「弓木家と縁を結びたいのであろう?」

睡蓮は、はっと顔を上げる。

確かに秀兼が、弓木家と縁を結びたがっていた。しかしその話は、仲八にしていない。なのに、なぜ知っているのか。

顔色を変えた睡蓮に、仲八はしてやったりと、白い歯を見せる。

「町で呟いていたではないか」

彼は偶然にも、睡蓮が零した言葉を拾っていた。だからこそ、彼女を警戒し、近付いたのだろう。

「お主にとっても、悪い話ではあるまい？」

「ですが、説明いたしましたように、私は誰にも嫁ぐことはできません」

睡蓮が言い終わる前に、顔を引っ込めた仲八は、駕籠を出立させてしまう。

「どうしましょう？」

現実から目を逸らしたくて、睡蓮は駕籠に並走しているはずの、黒呑に話しかけた。狼の彼ならば、人には聞こえない、小さな声でも届く。そして彼の声は、睡蓮にしか聞こえない。周囲の人々に、内容を聞かれる心配はなかった。

「どうしようもない。あちらには、火焔鳥がいるからな」

「火焔鳥様とは、どのような妖なのですか？」

見た目から、火を司る妖であることは分かる。しかしそれ以上のことを、睡蓮は知らない。

「古い妖鳥だ。風変わりなやつで、王たる器を持つ人間を見抜き、憑く。人間どもは、瑞鳥などと呼んでいるらしいが」

「瑞鳥ですか？」

睡蓮は、嫌な予感がひしひしと、腹を刺してくる気がした。

伸八の装い。彼の妾であるお紫野の屋敷や、そこで出された料理。極め付きに、睡蓮が今しがた乗っている駕籠。いずれも贅を凝らした一級品だ。

それらを当たり前に享受できる人間など、限られる。伸八や火焔鳥と交わした会話も踏まえれば、彼の正体は、絞られた。

本当は、薄々気付いていたのだろう。けれど受け入れたくなくて、見ぬ振りをしていたにすぎない。

物見窓から見える城が、徐々に大きくなっていく。やはり伸八が弓木伸近であったかと、睡蓮は確信せざるを得なかった。

いったいどうしたものかと頭を抱えている内に、彼女を乗せた駕籠は城へ続く坂道に入る。

駕籠は、城主やその家族が暮らす、本丸まで進む。

「お帰りなさいませ、殿」

「帰った」

出迎えたのは、息を呑むほどに美しい女性だった。白い肌と優しげな目元が、儚げな雰囲気を醸し出す。けれど、瞳の奥には、強い光が宿る。

黄色い小袖の上に、豪華な蝶の刺繍を施した打掛を腰に巻く彼女こそが、弓木仲近の正室、お蝶の方だ。嫁ぐ前は、揚羽と呼ばれていた。

お蝶の方が、にこりと笑む。顔は仲八こと弓木仲近に向けたまま、睡蓮を一瞥さえしない。

とはいえ、認識していないというわけではなさそうだ。

「何やら、面白そうなものを拾って戻られた御様子」

「後は任せる」

「承知いたしました」

仲近は睡蓮をお蝶の方に任せると、天守閣のほうへ歩いて去った。

残された睡蓮は、呆然と仲近の背中を見送る。連れてくるだけ連れてきて、ここからどうしろと言うのか。

相手は正室である、お蝶の方。仲近から、嫁に来るよう誘われたなどと、睡蓮の口から言えるはずがない。

睡蓮が困惑していると、お蝶の方の脇に控えていた女中が、わざとらしく咳をした。

我に返った睡蓮は、慌ててお蝶の方に体を向ける。

「失礼いたしました」

弓木家の傘下に入っていないので、へりくだる必要はない。けれど身許を明かせない以上、身分はないに等しかった。

「構いませぬ。付いて参りなさい。お鶴、狼の世話を頼みます」

お蝶の方は鷹揚に言って、踵を返す。

睡蓮と意思の疎通ができるといっても、黒呑の姿は狼だ。客として迎えられることはない。

分かっていても、睡蓮は黒呑に対して、申し訳なく思ってしまう。

「気にするな。何かあれば呼べ。すぐに行ってやるから」

黒呑の気遣いに頷くと、睡蓮はお蝶の方の後を追った。

北の対に案内された睡蓮は、一歩踏み入ると同時に、目を瞠る。柱も天井も、漆が塗られていた。黄金色に輝く襖障子には、銀の雲が浮かぶ。

お蝶の方に導かれた部屋もまた、凄まじい。

金の襖障子には花が咲き乱れ、天井では、虹色に輝く螺鈿細工の羽を広げた蝶が舞う。そして床は、当然のように、畳が敷き詰められている。

小田和に来てから、見せつけられ続けてきた国力の差。

睡蓮は、ここでも嫌というほどに、実感させられた。

しかし睡蓮にも、誇りがある。

強張る体を意識的に解し、気を引き締め直す。下座に位置取ると、背筋を伸ばして綺麗に頭を下げた。

「お招きをいただき、ありがとうございます。睡蓮と申します」

お蝶の方の窄めた目が、睡蓮を推し量ろうと凝視する。ぴりぴりとした空気に、睡蓮は、身が縮まりそうな思いだ。

「揚羽です。ここでは、お蝶の方と呼ばれていますけれども。そなた、武家の娘ですね？」

返ってきたのは、柔らかに聞こえるのに、鋭さが潜む声。

「さようにございます。けれど身許を明かすことは、お許しくださいませ」

誤魔化せる相手ではない。そう判断した睡蓮は、正直に肯定した。

「それは殿様にも？」

「明かしておりません」

睡蓮の答えを聞いたお蝶の方と、傍に控える女中たちが、顔に呆れを滲ませる。

身元不明の者を城の奥に入れるなど、正気の沙汰ではない。それは弓木家の者にとっても、変わらなかったらしい。

「殿様のもの好きにも、困ったこと。して、どこに滅ぼされましたか？」

身許を明かせないことと、睡蓮の身形を見て、家を失ったと推察したのだろう。そうなると、この乱世だ。いずれかの家に、滅ぼされたという意味になる。

お蝶の方は、睡蓮が弓木家に遺恨のある者かどうかを、問うたのだ。

「滅びてはおりません。事情があって、家から離れております」

「何ゆえに？」

男であれば、若気の至りで家を飛び出すことも、稀にある。しかし女の身では、家からの庇護を失えば、命さえ危ぶまれる。

どのような扱いを受けようとも、生きていくためには、家に残るほうが安全だ。だからこそ、お蝶の方の疑念は増していく。

睡蓮は、どこまで話してよいものか考える。

当主である、仲近が連れてきたのだ。たとえ気味が悪いと感じても、危害を加えられることはないだろう。それに、ここで話さなくても、後で仲近から伝えられるはず。だから、隠すだけ無駄なこと。

そこまで予測できているのに、睡蓮の咽は、乾いて喘ぎ、答えることを拒む。

金川の地で向けられ続けた、軽蔑や嫌悪を含んだ視線や言葉。それらは楔となって、彼女の心の柔らかい部分に、深く突き刺さる。

仲近は気にしないどころか、面白がっていた。しかし夫婦だからといって、お蝶の方も受け入れるとは限らない。

鳩尾から込み上げてくる、熱く、不快な塊。そしてお蝶の方たちから流れ込んでくる、猜疑心の奔流。呑み込まれて、目が回りそうだった。

睡蓮は静かに呼吸を整えると、言葉を押し出す。

「私の瞳は、妖の目にございます」

「面を上げて、見せてみなさい」

言われるままに顔を上げた睡蓮は、目元の布を取る。無礼だと咎められないよう、視線は下に落として、お蝶の方を直視するのは避けた。

探る視線が、遠慮なく睡蓮を刺す。居合わせた奥女中からは、微かに嫌悪感が漂ってきた。

睡蓮は逃げ出したくなる気持ちを、膝に爪を立てて抑え込む。

「何ゆえに、そのような目となったのですか？」

「白蛇の嫁に、選ばれたからにございます」

「白蛇の嫁？」

睡蓮は、白蛇の嫁に選ばれた経緯を話す。もちろん、素性を覚られないよう、注意を払いながら。

聞き終えたお蝶の方は、柳眉を寄せ、呆れを滲ませた。

「そなたの父は、愚かですね。私の父や殿様ならば、そなたを蔑ろになどせず、効果的に使ったことでしょう」

白蛇は龍の子。白蛇自体を、信仰の対象にする地域もある。

その白蛇に選ばれ、瀕死の兄を救ったのだ。巧く話を練り上げて、神に選ばれた巫女とでもしておけば、民衆たちは、自ら彼女の下に集う。それを利用すれば、領地経営は楽になり、他国との取り引きにも使える。

「白蛇の嫁に手を出せば、龍の怒りを買うというのならば、なおさら利用しない手はありません」

龍に戦いを挑もうなどと考える、愚か者は少ない。他国を牽制するのに、睡蓮の存在は、充分な材料となる。

いつ味方が裏切り、そして他国から攻められるか分からない乱世。睡蓮には、咽から手が出そうなほどの、価値があるという。

「殿様が、そなたを側室に迎えると決めた理由が、よく分かりました」

お蝶の方の声には、伸近が新たに迎える女に対する、嫉妬などは見当たらなかった。それよりも、弓木家にとって価値があるかどうかのほうが、重要みたいだ。

「殿様であれば、そなたの価値を、十全に引き出せましょう」

お蝶の方の話を聞きながら、睡蓮は混乱していた。

加々巳の家で、彼女は疎まれていたのだ。自分に価値があるなどと、認められなくなるほどに。それが突然、ひっくり返されたのだから。

追いつかない心を咀嚼して、なんとか呑み込む。嬉しさで、目蓋が熱くなった。自分の価値を教えてくれた、仲近とお蝶の方に、心の底から感謝の気持ちが湧き出る。

でも、だからこそ、睡蓮は仲近の申し出を、受け入れることはできなかった。

「私を側室に迎えれば、白蛇様の怒りを買いましょう。弓木家に災禍が訪れることを、私は望みません」

「殿様は神仏を恐れませんけれど、私としましても、弓木家が祟られるのは、避けたいところ」

どうやらお蝶の方は、睡蓮と同じ考えらしい。

彼女も睡蓮を抱え込むつもりであれば、見張りの目は、一段と厳しくなるだろう。どうやって逃げ出そうかと悩んでいた睡蓮は、ほっと胸を撫で下ろす。

緊張が緩んだ睡蓮に、お蝶の方は優しく微笑む。

「旅の疲れもあるでしょう。しばらく、ゆっくりと逗留していきなさい。悪いようにはいたしません」

睡蓮はその日一日、お蝶の方の話し相手を務めて過ごした。

睡蓮が弓木家に滞在して、数日が経つ。未だ小田和を発てる見込みはない。このまま弓木家に囲われてしまうのではないかと、睡蓮は不安を拭えずにいた。

肝心の伸近は、城に上がった日以降、御無沙汰だ。こちらは逆に、側室として本当に迎える気があるのか、疑わしく思えてくる。

忘れてしまったのなら、構わない。だから自由にしてくれないかと、睡蓮は縁側で、溜め息を漏らした。

目の前には、見事な枯山水。敷かれた砂は、水晶を砕いたかのように白い。岩は翡翠の原石だ。

平常時であれば、目を輝かして見物しただろう、見事な景観。けれど、睡蓮の気持ちは浮き立たない。

「辛気臭い顔をするな。いざとなれば、俺がここから逃がしてやるから」

慰めの声を掛けてきたのは、黒呑だ。

彼は睡蓮とは別の場所で、持て成されていた。

毎日肉を与えられ、まんざらでもなさそうだ。

けれども、檻に入れられて自由がないと、ぼやく。こうして睡蓮のもとに来ているのは、抜け出してきたからだ。

「逃げられましょうか？」

小田和の城は、小高い山の上にある。麓から続く道は、柵や堀で護られ、迷路のように入り組む。麓に辿り着くには、幾つもの門を潜らなければならない。その全てに、見張りがいた。

　金川の屋敷と違って、見つからずに抜け出すのは、不可能に近いだろう。

「たしかに厄介ではあるが、俺が本気になれば、人間如きに抑えられるものか」

　どうやら睡蓮の言葉は、黒呑の自尊心を傷付けてしまったらしい。不機嫌そうに鼻を鳴らす。

「疑っておるな？　ならば明日にでも、ここを発とう」

「そのように急がずとも」

　へそを曲げた黒呑に、睡蓮は困ってしまう。どう宥めたものかと、頬に手を添え考えていると、黒呑の耳が、ぴくりと動いた。

「人が来たようだ。俺は戻る」

「お気を付けて」

　黒呑の姿が視界から消えてすぐに、女中が現れる。

「お方様がお呼びです。どうぞおいでください」

　案内された先では、お蝶の方がすでに待っていた。

　睡蓮が対面に座ると、人払いがなされ、お蝶の方と二人きりになる。睡蓮は何を言われるのかと、背筋を伸ばした。

「殿様は、そなたを諦める気はないようです」

「それでは弓木家にまで、災難が及びかねません」

白蛇の怒りがどれほどのものか、睡蓮にも分からない。けれど、何もないということはないだろう。

説得を試みようと口を開く睡蓮に、お蝶の方は、分かっているとばかりに頷く。

「念のため、確認します。ここに残れば、何不自由ない生活ができましょう。それでも、殿様に仕える気はないのですね？」

「ありがたいお話ではありますが、私の身は、人に奉げるわけにはいきません。どうぞお許しくださいますよう、おとりなしくださいませ」

答えは分かっていたのだろう。お蝶の方は手を叩いて、女中を呼んだ。運ばれてきた長盆の上には、小袖や市女笠が並ぶ。

睡蓮は女中たちに手伝われ、手早く着替えを済ませていく。

夏の暑さを和らげる、麻の肌着と小袖。麻とはいえ、丁寧に績んで織られた上等な生地だ。絹には負けるが、さらりと肌に優しく、心地よい。町では絹より目立ちにくいだろう。

「白布のほうが、目に付きませんから」

そう言われて、新しい布で目を隠し、市女笠を被る。笠に付いた垂れ衣は、透けるほどに薄い。

睡蓮は目元が見えそうで、心許なく思う。けれども、日差しから睡蓮を護ってくれるし、風通しもよい。何より、小袖を被くのに比べて、涼しく歩き易かった。

他に、竹の杖もある。握りには赤い紐が巻きつけられており、鈴が付いた飾り紐が揺れた。杖を突くたび、軽やかな音が鳴り響く。山道を歩く際の、獣除けにも役立ちそうだ。

「その装いであれば、旅にも耐えられましょう」

「お心遣い、ありがとうございます」

「迷惑を掛けたのですから、当然のこと。殿様に気取られる前に、早く発ちなさい」

お蝶の方に急き立てられて、睡蓮は北の対を出た。

「あの、一緒に来た狼は、どうなるのでしょうか？」

「御心配なさらずとも、後で逃がします。まずはあなた様がお逃げください」

狼を逃がすよりも、人を逃がすほうが、ずっと難しい。

「では、付いてきてください」

女中のふりをした睡蓮は、二人の女中と共に、城山を下りる。お蝶の方のお遣いで、町に向かうという体裁を取るらしい。

睡蓮は、なるべく顔を見られないようにうつむいて、女中たちに付いていく。なんとか町まで辿り着くと、揃って大きな息を零す。

その直後だった。

「奇遇だな」

聞き覚えのある声がして、睡蓮の体が強張る。女中たちの顔色は、真っ青だ。

「何を驚いている？」

恐る恐る顔を向けると、笑みを浮かべた仲近が立っていた。ただし彼の眼光には、怒りが見て取れる。

「睡蓮様は、ほとんど荷を持っておられませんでしたから、着替えなどをと」

「ほう？　ならば俺が案内してやろう」

「滅相もございません」

「遠慮するな」

年嵩の女中が、とっさに言い訳を口にしたけれど、仲近は逃してくれない。女たちを先導して、町の中を進んでいく。

睡蓮は女中たちと目を見交わす。

「隙を突いてお逃げください」

「それではあなた方や、お蝶の方様に御迷惑が掛かってしまいます」

なおも逃がそうとしてくれる女中たちに、睡蓮は首を横に振った。

主君の命令に背(そむ)くのだ。お蝶の方の立場が悪くなるのはもちろん、実行した彼女たちは、命を絶たれかねない。

「どうした？　早く来い」

仲近が、歩みが遅くなる女たちを振り返る。

「直ぐに」

苦くなりそうな顔を取(と)り繕(つくろ)い、睡蓮たちは仲近の後を追った。


結局、睡蓮は仲近から逃れられず、城に戻った。落ち込む彼女の視線は、部屋の片隅に向かう。

宝玉が嵌(はま)る、銀の髪飾り。紅の入った蛤(はまぐり)。蒔絵(まきえ)の施(ほどこ)された手鏡。小袖は仕立ててから届けられるため、ここにはないが、相当な額のものを選ばされた。他にも明日以降、目もくらむような豪華な品々が、運び込まれてくる予定だ。

「どうしましょう」

戻ってから何度目かの溜め息が、口から零れ落ちる。

逃げることが叶わなかった睡蓮に、お蝶の方は申し訳なさそうな顔をした。とはいえ、仲近にこれ以上、疑心を抱かせるわけにはいかない。互いに何も言わず、昨日までと同じように過ごした。

日はすでに暮れている。天高く昇った満月のお蔭で、色を失った庭の景色を眺めていられるけれど。

黒い植木が揺れ、影が睡蓮のもとへ近付いてきた。

「黒呑様？　どうなさったのですか？　このような時間に」

「逃げるぞ。急げ」

切迫した声。理由は分からなくても、睡蓮は黒呑の指示に従い、旅支度を整える。

身を包んだのは、町に出かけたときの装束だ。念のためにと、部屋に残してくれていた。荷の中には、旅費や糒も入っている。

後は草鞋を履くだけ。

縁側へ向かおうと顔を上げた睡蓮の横を、明るい炎が飛び抜いていった。

「遅かったか」

飛び退った黒呑を、火焔鳥が襲う。

「黒呑様！」

「何をしている？」

時が止まったかと、睡蓮は錯覚する。

それほどに低く、重い声。

王になれる器と見定められたほどの、男の怒りだ。意識しなければ、睡蓮は息を吸うことすらままならない。

「あ……」

強張る体が、不自然な動きで首を回す。開いた襖の前に、寝巻姿の伸近が立っていた。

「邪魔をするな、火焔鳥！　お前の選んだ男が、白蛇の怒りに触れるぞ？」

「白蛇如き、来るなら食ろうてやるわ」

庭では、二匹の妖が争う。

「今夜の内に来たのは、正解だったな。契りを交わしてしまえば、逃げる気も失せるだろう」

鋭い眼差しで睡蓮を捉える仲近。彼は不愉快げに鼻を鳴らすと、一歩踏み出した。

「なりません」

反対に、睡蓮は彼から距離を取るため、足を下げる。

しかし二人の歩幅の差は大きかった。すぐに距離が縮まって、仲近の手が伸びる。

「睡蓮！」

黒呑が叫ぶと、満月から落ちる光が、彼に降り注ぐ。

黒い獣の影が深まり、縦に伸びる。

二本の足で立つ姿は、狼と呼ぶには、あまりに異形。名残は尖った耳に生える、黒い毛だろうか。黒い狩衣（かりぎぬ）をまとう彼の姿は、人にも見えた。しかし頭には、月を宿した白い角。

「黒呑様？」

名を呼ばれ振り返った睡蓮は、黒呑を見て目を瞠（みは）る。視線を向けた仲近もまた、怒りを忘れて目を奪われた。

「狼鬼とは、面倒な」

悪態を吐（つ）く火焔鳥を、狼鬼となった黒呑が振り払う。そのまま彼は、睡蓮に向けて駆けた。

「睡蓮！」

「黒呑様！」

名を呼び手を伸ばす黒呑に、睡蓮も精一杯手を伸ばす。

「させるか！」

仲近が睡蓮の腕をつかもうと動く。

だが、半拍遅い。

狼（おおかみ）の素早さと、鬼の力を併（あわ）せ持つ狼鬼は、素早く睡蓮を抱きかかえ攫（さら）う。

狼鬼は尋常ならざる速度で、城から離れていく。

彼の肩越しに、睡蓮は仲近を見た。

「……欲しい」

呆然と見上げていた仲近の唇が動く。次第に上がっていく口角。目はぎらぎらと輝き、夜の漆黒(しっこく)に呑まれていく狼鬼を射る。

「ますます欲しい！　必ず手に入れてみせようぞ！」

夜の闇に、狂気を帯(お)びた笑い声が響いた。

睡蓮は思わず、黒い狩衣を握りしめる。

「あの、黒呑様」

「黙っていろ。舌を噛むぞ」

「はい」

睡蓮は黒呑の顔を覗き見た。

狼の時と変わらぬ、赤い瞳。長い黒髪。けれど彼の姿は、獣とは呼べない。人に近しい姿をしている。

睡蓮は彼と一つ屋根の下で、共に暮らしていた。

衝立(ついたて)さえない狭い部屋。手を伸ばせば触れるほどの距離で眠った日々。旅に出てからは、寄り添うようにして——

胸の鼓動が、煩(うるさ)く耳を打つ。顔は首筋まで、みるみる赤く染まっていった。

深く呼吸をして心を落ち着かせると、睡蓮は今一度、黒呑の容貌(ようぼう)を確かめる。彼の顔を、彼女は知っていた。

「黒呑様だったのですね」

人ならば聞き取れないであろう、微かな呟き。狼鬼の彼ならば、聞こえているはずだ。だが反応はない。

睡蓮は顔を伏せると、黒い狩衣に、そっと頬を寄せた。

とくり、とくりと、脈打つ音が聞こえる。温かくて落ち着く、広い懐。

体が火照るのは、彼の体温が熱いからか。それとも、夏の夜の悪戯か。

いつまでもこのままでいたいと、彼女は願う。けれど同時に、それはならないと、咎める声が聞こえた気がした。

彼女には、白蛇の嫁となる運命が待っているのだから。決して、他の男に現を抜かしてはならない。もしもそのようなことがあれば、白蛇は睡蓮だけでなく、彼をも許さないだろう。

目を閉じた睡蓮は、吸い込む息で、気付きかけた心に蓋をする。

まだ蕾だ。

これ以上の糧をやらなければ、いずれ枯れ落ちるだろう。

満月の下を、狼鬼は四半刻ほど駆け続けた。

足を止めたのは、木々に囲まれた神社の境内。小田和の町は、とうに抜けている。睡蓮を下ろすなり、黒い影が縮む。狼の姿に戻った黒呑は、一つ息を吐くとよろめいた。

「黒呑様？　大丈夫ですか？」

慌てて睡蓮は彼を支える。不機嫌そうにしわを集めた目蓋の下から、赤い瞳が見上げていた。

「騒ぐな。一眠りすれば治る」

ぶっきらぼうに言うと、拝殿のほうに歩いていく。黒呑はそこで横たわり、目蓋を閉じた。

彼の枕元に腰を下ろした睡蓮は、優しく黒い毛並みを撫でる。

「賊徒から助けてくださったのに、黒呑様だと気付かず、申し訳ありませんでした。お助けくださり、ありがとうございます」

旅の初め。賊徒に襲われた睡蓮は、狼鬼に救われた。けれど直後に、意識を失ってしまう。気付いた時には狼鬼の姿はなく、礼を言うことすらできなかった。

だけど本当は、ずっと傍にいたのだ。彼女が気付かなかっただけで。

「それに――」

睡蓮は過去に思いを馳せる。

白蛇の嫁に選ばれる前。山中で蝙蝠夜叉に襲われた時のこと。彼女を救った狼鬼もまた、黒呑だった。

そうして思い返してみれば、もう一つ、思い当たる節が見つかる。座敷牢に閉じ込められていたときに聞こえた声もまた、彼に似ていた。

睡蓮は懐から、守り袋を取り出す。中に入っているのは、睡蓮以外の人にとっては価値などないであろう、木の葉が一枚。

けれど、かつて会った彼は、この守り袋に関心を向けた。

守り袋をそっと黒呑の上に添える。すると、彼の表情が和らいだ。

「早く起きぬか。距離は取ったが、あの男のことだ。油断はできぬぞ?」

翌朝。睡蓮は、黒呑に叩き起こされた。

慌てて身だしなみを整え、出立の準備をする。

「これからどうする? こうなっては、小田和に逗留するわけにはいくまい」

秀兼からは、小田和で待つように言われていた。けれど小田和に戻れば、伸近に捕まってしまう。

とはいえ、睡蓮に行く当てなどあろうか。

思考を巡らせる睡蓮の頭に浮かんだのは、狛犬の言葉。

——海に浮かぶ宮に行くといいで。

ちょうどよい言い訳ができてしまったことに、睡蓮は心の底で喜んだ。そして、そんな自分に嫌悪感を抱き、眉をひそめる。

白蛇を裏切るなど、許されない。そう思うのに、甘い誘惑を、断ち切ることもできない。

睡蓮は、ちらりと黒呑を窺う。

彼の正体に気付かなければ、ここまで迷うことはなかっただろうか。

答えを口にできない睡蓮を、黒呑はじっと見つめていた。しばらくして、時間切れだとばかりに息を吐く。

「西へ向かおう。すぐに答えを出す必要はあるまい。道中で考えろ」

睡蓮は、ぎゅっと眉間にしわを寄せる。

自分で決められず、彼に決めさせてしまった。

「そんな顔をするな。お前は一人で背負い込みすぎだ。もっと気楽になれ。さ、時間がない。行くぞ」

立ち上がって歩き出そうとした黒呑を、睡蓮は慌てて呼び止める。

「黒呑様、これを」

守り袋を差し出すと、黒呑の目が苦しげに細められた。目蓋を落とした彼は、首を左右に振る。

「お前が持っていろ」

「ですが」

「この姿では、失くしてしまう」

狼の姿でも、首に掛ければ持ち歩けるだろう。

けれど睡蓮は、指摘しなかった。何か深い訳があるのだと、察したから。

「では、私がお預かりしておきますね」

「そうしろ」

守り袋を懐へ大切にしまい込んだ睡蓮は、黒呑に向かって姿勢を改める。

「黒呑様」

「どうした？」

「賊徒に襲われた際もですが、以前、夜叉に襲われた際も、お助けくださり、ありがとうございました。お蔭で私も供の者たちも、無事でした」

怪我人はいた。けれど、死者は出なかった。

あのまま睡蓮が襲われていれば、華奢な少女は、命を失っていたかもしれない。運がよくても、大怪我は免れなかっただろう。そうなれば、護衛として同行した者たちは、責任を取らされていたはずだ。

「何のことだ？　憶えておらんな」

素っ気なく答えた黒呑は、さっさと歩き出す。

「置いていくぞ」

「すぐに行きます」

睡蓮は本殿に向かって、手を合わせる。

一夜の宿をお貸しくださったこと。そして、再び狼鬼と巡り合えたこと。

「ありがとうございました」

顔を上げた睡蓮は、黒い狼を追いかけた。

※

都（みやこ）まで、あと少しというところ。まだ空は明るいが、辿（たど）り着（つ）いた町で、睡蓮は宿を取ることにした。

「俺は念のため、近くに潜（ひそ）んでおく。何かあれば呼べ」

「ありがとうございます。黒呑様も、お気を付けて」

足をすすぎ、玄関を上がった先にある大部屋が、今日の寝床だ。

暑い季節。雨も降りそうにないので、板戸が開け放たれ、風が吹き抜けている。

睡蓮はどこで寝ようかと、部屋の中を見回す。

中ほどにある囲炉裏では、浪人らしき男が雑炊を作っている。

他に、商人と思わしき男が三人ほど。内二人は知り合いなのだろう。隣り合って荷を整理しながら、何やら話していた。

残る一人は、すでに横になっている。

「こっちへおいでよ。女ばかりだから、安心しな」

横たわる男の後ろには、衝立があった。その衝立の上から、女が顔を覗かせる。

どうやら衝立で、男女を分けていたらしい。

この時代、宿は大部屋が一般的だ。雑魚寝などできない、身分がある者は、宿を借し切るか、民家を借りて使う。衝立で男女を仕切るだけでも、配慮されている部類だろう。

「こっちだよ」

目元に布を巻いている睡蓮のことを、盲目だと思ったのか。声を掛けてきた女は、睡蓮の手を取り導く。

「ありがとうございます」

「いいってことよ」

衝立の向こうに回ると、誘ってくれた女の他に、二人の女がいた。三人とも、そこらの町娘では着られないような、質のよい小袖をまとう。

「私は茜(あかね)って言うんだ」

睡蓮を誘ってくれた女が、腰を下ろすなり名乗る。二十代半ばの彼女は、艶(あで)やかな笑みを浮かべた。

「私は紅(くれない)。こっちは朱(あか)。憶えやすいだろう？　揃って赤色だ」

二十歳前に見える紅は、睡蓮を見るなり、気の毒そうに眉を寄せる。どうやら目元の布を、気にしているらしい。

一番若いのは、十を過ぎて少しの朱。彼女は荷物の手入れに夢中で、睡蓮には興味がなさそうだ。

「蓮(れん)と申します」

睡蓮は、とっさに偽名を名乗った。

さすがにもう、伸近の追手が来ることはないと思う。けれど、最後に見た彼の眼光が、目蓋(まぶた)の裏に焼き付いていた。

「この町は、あまり見るところも遊ぶところもない。だから泊まる客が少ないんだけど、旅の疲れを取りたいなら、却(かえ)って好都合なのさ。静かだし、珍しく飯も出してくれるからね」

多くの宿は、外で飯を食べてくるか、薪代(まきだい)を払って自炊する。食事を出してもらえるのは、旅で疲れている者や、時間を節約したい者には、ありがたい。

睡蓮が荷を下ろし、旅装を解いている間に、夕餉が運ばれてきた。

汁と麦飯。それに焼いた大きな二枚貝が二枚。後は香の物が添えられた、一汁一菜の、質素な献立だ。

とはいえ、汁にはたくさんの具が入っているし、麦飯は山と盛られていて、お櫃にお代わりも用意してある。足りないということはないだろう。

「この貝は、何でしょうか？」

三寸を超える大きな貝を、睡蓮は不思議そうに見た。浅蜊や蛤に似ているけれど、大きさがおかしい。

「大浅蜊だそうだよ。この辺りの名物らしい」

「浅蜊ですか？　こんなに大きく育つのですね」

睡蓮は感心しながら、改めて大浅蜊を見る。

しかし彼女が想像している浅蜊は、長く生きたとしても、ここまで大きくはならない。夕餉に並んでいる貝は、姿が似ているから、大浅蜊の名が付けられただけで、別の貝である。

「旨みが濃くて、甘味もあって、美味しいです」

「本当だねえ」

相槌を打った茜は、身を食べて残った貝殻に酒を注ぎ、ぐっと呷った。

「うひい。堪らないねえ」

心底から美味しそうに声を上げる。

それほど美味いのだろうかと、睡蓮は興味が湧く。

けれど彼女は、酒を嗜まない。だから、空になった貝殻を両手で取り、残っていた汁を飲んでみた。

貝の濃厚な出汁が、口の中に広がる。思わずほうっと息を吐くと、潮の香りが口から鼻腔へ、ふわりと抜けた。

「本当に、美味しいですね」

「酒が飲めれば、もっと美味しいんだけどね」

「茜姉さん」

機嫌をよくする茜に、朱が溜め息交じりに釘を刺す。

食事を終えても、茜と紅のお喋りは続いた。

「私たちは健康な体だけど、旅は大変だ。目が見えないなら、もっと大変なのだろうねえ」

「あの、見えないわけではないのです。ただ、人様に見せられるものではなくて」

心配してくれる彼女たちに申し訳なくて、睡蓮は目が見えていることを打ち明ける。しかし彼女たちの態度は、あまり変わらなかった。

「傷でも残っているのかい？　見えていても、やっぱり一人旅は大変だろうよ」

こうも気の毒そうに言われては、ありがたい反面、居たたまれない。睡蓮は話題を変える。

「皆様は、長く旅を？」

「私は八つのころからかな。二人も似たようなものさ。ここで会ったのも、何かの縁。困っていることがあるなら、言ってごらんよ。私たちは歩き巫女だからね。卜占は得意だよ」

歩き巫女というのは、全国を行脚しながら、祈祷や占いを行う女たちのことだ。巫女と呼ばれてはいるけれど、神社に所属しているとは限らない。装いも、豪華な衣装をまとい、鈴などを鳴らして、町を練り歩く者が多かった。

少し考えた睡蓮は、思い切って問うてみる。

「白龍様が住まう社を、ご存知でしょうか？　西にある、海に浮かぶ宮に在されると、伺ったのですけれども」

「白龍様は分からないけど、海に浮かぶ宮なら、矢菅の宮かな？　このまま街道を西に向かって、まっすぐ進むといいよ。所の者なら、誰でも知っているから。近くまで行けば分かるさ」

「ありがとうございます」

その後も茜と紅は、旅の話を一しきり、睡蓮に聞かせた。

気を付けるべき道や町、危険を回避する方法など、世間知らずの睡蓮には、ずいぶんとためになる内容だ。

驚きや尊敬の目を向けて耳を傾ける睡蓮に、二人の口は、ますます滑らかになっていく。

「こんなに素直で、大丈夫かねえ？　騙(だま)されちまうんじゃないかい？」

「一緒に行ってやれないのが不安だねえ。本当に、気を付けるんだよ？」

頰に手を当てて、悩ましげな表情をする。彼女たちは、心の底から睡蓮を心配していた。そのことが、嬉しくもくすぐったくて、睡蓮ははにかんでしまう。

「狼(おおかみ)様がいますから」

「それは心強いけれど。人の中には、小賢(こざか)しいのもいるからね。油断しちゃあ、駄目だよ？」

「ありがとうございます。皆さんは、どちらに向かうのですか？」

お喋(しゃべ)りな茜と紅だけれども、行き先については、一言も口にしていなかったのだ。

睡蓮が問うなり、二人は顔を見合わせる。

もしかしたら、聞いてはいけなかったのかもしれない。そんなふうに思った睡蓮は、慌てて前言を撤回しなければと、口を開く。

けれど、口から言葉を出すよりも、二人が破顔するほうが先だった。

「言ってなかったっけ？　私たちは、東に向かうんだよ」

「一番の目的は、小田和さ。弓木のお殿様とご縁を頂ければ、嬉しいんだけどねえ。あそこは羽振りがよさそうだから」

「え？」

茜と紅の言葉に、睡蓮の表情が強張る。なにせ、その弓木のお殿様から、睡蓮は逃げてきたのだから。

「どうかしたかい？」

「いえ」

顔色を青くした睡蓮を、茜と紅が不思議そうに見た。

睡蓮がどう言い繕おうかと思案していると、これ見よがしな溜め息が耳に入る。

「姉さん方、そろそろお休みにならないと。明日お寝坊して、正次さんに叱られますよ？」

正次とは、衝立の向こうで寝ていた男の名前だ。女ばかりの旅では、危険が多い。だから歩き巫女たちには、世話役の男が付く。

　朱の一言で、茜と紅がぴたりと口を閉ざした。それからそろりと、衝立の向こうを覗く。

「大丈夫。もう寝てる」

「酒を飲ませておいたからね。気付いてないさ」

　声を潜(ひそ)めて囁(ささや)き交わす茜と紅に、朱が首を大きく左右に振りながら、またも溜め息を吐(つ)いた。一番幼いはずの朱が、最もしっかりしているようだ。

　睡蓮は三人のやり取りを見て、思わず噴き出してしまう。

　とはいえすでに、夜の帳(とばり)は下りている。もう眠らなければ、明日の出立(しゅったつ)に響くだろう。女たちは体に小袖を掛けると、目を閉じた。

　睡蓮の肩を、誰かが揺らす。

　目を開けると、闇夜に赤い瞳が二つ、浮かんでいた。

　ぎょっとした睡蓮だったけれど、声を聞いて胸を撫(な)で下(お)ろす。

「起きたか」

「黒呑様？」

「逃げるぞ。火焔鳥の匂いを付けた者たちが、こっちに来ている」

　火焔鳥は、仲近に憑(つ)いていた妖鳥だ。つまり、仲近の手の者たちが、この町にやってきたということを意味する。

睡蓮は慌てて飛び起き、身支度を整えだした。

「どうかしたのかい？」

隣で寝ていた茜も目を覚まし、眠そうな目を睡蓮に向ける。暗闇に同化していた黒呑に気付いて、ぎょっと驚いた顔をした。

「ああ、蓮が言っていた狼（おおかみ）か」

茜は黒呑を警戒しながら、ぎこちない動作で身を起こす。そして、旅立つ準備をしている睡蓮を見て、眉をひそめた。

「何かあったのかい？」

周囲を探るように目を動かしてから、小声で問う。

睡蓮は、茜に話していいものか逡巡（しゅんじゅん）する。

知り合ってから、まだほんの数刻。全てを打ち明けられるほどに、打ち解けてはいない。

けれど、親切にしてくれた相手だ。

真剣な眼差しを向ける茜に、偽（いつわ）りを述べる気にはなれなかった。

ふと視線を動かすと、紅と朱も横たわったまま、睡蓮をじっと見つめている。その目は真剣で、睡蓮を心配しているのが分かった。

「急げ」

切羽詰まった黒呑の声が、睡蓮の心を乱す。街道を近付いてくる足音が、彼女の耳にまで届いた。残された時間はわずかだ。

「追われているのかい？」

状況を踏まえて、察したのだろう。茜の目が鋭くなる。

衝立の向こうでも、身じろぎする気配があった。もしも睡蓮が罪人ならば、捕える算段かもしれない。

茜たちと争いたくなかった睡蓮は、覚悟を決める。

「詳しくは話せないのですけれど、妾になるように言われて、逃げてきたのです」

側室と言えば、睡蓮が身分のある者だと、覚られる。だから騙すようで気分は重いけれど、妾という言葉を選んだ。

正直に打ち明けたのは、正解だったらしい。茜たちの顔が渋く歪み、衝立の向こうにあった警戒も緩む。

「たしかに蓮は、目を隠していても、器量がいいからね」

呆れ交じりに納得した茜たちが、今度は目を輝かせる。

「相手は金持ちかい？」

「はい。とても」

身を起こした紅に答えると、彼女は茜と顔を合わせて、にんまりと笑む。後ろで朱が、溜め息と共に起き上がり、大きく肩を落とした。そんな妹分の態度など、二人はお構いなしだ。

「よし。ここは私たちに任せておきな」

「ですけれども」

「蓮さん、こっちです。こうなったら、姉さんたちは止まりません。行きましょう」

手早く小袖をまとい帯を締めた朱が、庭のほうに向かう。茜と紅も、顎で庭を指した。

逃がしてくれるのだと理解した睡蓮は、慌てて茜に言葉を足す。

「相手は弓木伸近様です」

油断のならない相手だ。無茶をしないでほしい。

そういう意図で、睡蓮は相手を明かしたのだけれども、逆効果だった。茜と紅はきょとんと瞬いた後、弾けるように笑顔を輝かせる。

「でかした、蓮！　あんたは福の神だ！」

声を落としたまま、茜が睡蓮の肩を叩く。一方の紅は、慌てた様子で荷から化粧箱を取り出し、白粉をはたき始めた。

「その二人は放っておいて大丈夫ですから。行きますよ、蓮さん」

睡蓮は呆気に取られながら、朱の後ろに付いていく。庭に下りた直後に、どんどんと、木戸を叩く音が響いた。

「この宿に、女が泊まっておらぬか？」

表口から聞こえてきたのは、聞いたことのない男たちの声。睡蓮は血の気が引いていく。

逃げねばと、気が急く睡蓮の袖が、引っ張られる。目を向けると、朱が手振りで、身を低くするよう指示を出した。

睡蓮は冷静な朱に従い、四つん這いになって移動する。黒呑も首を竦めて、いつもより身を低くした。

朱は宿の表ではなく、裏手に向かう。

裏には、小高い山がある。草木に身を隠せば、難を逃れることも可能だろう。

そんなふうに睡蓮が考えていると、宿の主の声が聞こえ、板戸が開く音がした。睡蓮の胸が激しく脈打つ。

「あれえ？　どうかしたんですかあ？」

続いて茜の声が聞こえた。睡蓮と話していたときと違って、なんだか甘ったるい雰囲気をまとう声だ。

男たちの声は、先ほどまでの威勢はどこへやら。しどろもどろな口調に変わっていく。

「さすが茜姉さん。もう誑し込んだ」

呆れとも感心とも取れる呟きが、朱から零れた。

歩き巫女という字面から、神に仕える、清廉な娘という印象を抱くかもしれない。

しかし彼女たちは、夜伽の相手をすることもある。

茜たちも、祈祷や卜占といった、巫女としての務めはもちろんだが、そういうこともしているのだろう。

「蓮さん、こっち」

朱が案内してくれた先には、草むらの中に延びる、細い道があった。

「上っていくと、お堂があるの。お堂の左にある道を進めば、少し先の街道へ出るから」

「ありがとうございます」

「お礼を言うのは、こちらのほう。弓木伸近にどうやって近付くか、姉さんたち、悩んでいたから。ありがとう」

歩き巫女たちは、主に旅の間に得た金で、生計を立てる。権力者や豪商は、彼女たちにとって、大切なお客様なのだ。

にっこりと笑った朱は、睡蓮に布の塊を押し付けた。なんだろうかと思いつつも受け取った睡蓮に、朱が忠告する。

「その小袖、見られているんじゃないかしら？　お堂まで行ったら、これを被いて。草鞋と草餅もあるから。弓木伸近の追手は私たちが抑えるけど、気を付けてね」

睡蓮の足に、草鞋はない。玄関に取りに行く時間も、荷から新しく出す時間もなかったのだ。そのことに気付いていた朱は、自分たちの荷物から持ち出してくれたらしい。

「本当にありがとうございます。どうか朱さんも元気で。茜さんと紅さんに、それに正次さんにも、よろしくお伝えください」

朱は哀しみの混じる、複雑な笑みを浮かべた。何も言わずに頷くと、踵を返して、宿に戻っていく。

「行くぞ」

「はい」

彼女たちの気遣いを無駄にしないためにも、睡蓮は黒呑と共に、お堂へ急ぐ。音を立てないように注意しながら、左右から伸びる草に身を隠し、這うようにして細道を上る。

開けた場所に出ると、朱が言っていた通り、小さなお堂があった。

睡蓮は来た道を振り返る。

旅籠の前には、馬が一頭と、馬の手綱を預かる男が一人。他の者たちは、旅籠の中に入っているのだろう。

思ったよりも追手は少ないようだ。それでも茜たちは大丈夫だろうかと、不安が睡蓮の胸を締め付ける。

「あれらは喜んでいたのだ。気に病むな。行くぞ」

旅籠からは無事に逃れたけれど、まだ目と鼻の距離。気付かれれば、すぐに捕まる。そうなれば、睡蓮を逃がした茜たちまで、咎められかねない。

後ろ髪を引かれながらも、睡蓮はお堂の前まで進んだ。

「どうかあの宿に居合わせた方々に、難儀が降りかかりませぬよう、お守りくださいませ」

石に彫られた御仏に、茜たちの無事を祈る。

朱が用意してくれたのは、紺の小袖。被けば夜の闇に溶け込めそうだ。

お蝶の方から貰った市女笠と杖は、すでに手元にない。玄関に預けていたため、取りに行けなかった。

草鞋は、荷の中に予備が入っているけれど、あえて朱がくれた草鞋を履く。荷を解く時間を惜しんだのもあるけれど、逃がしてくれた彼女たちへの感謝と、彼女たちが無事であることを願いながら、紐を結ぶ。

「行きましょう」

睡蓮は黒呑と共に、お堂から、左手に延びる小道を下っていく。追手に見つからないよう、腰を屈めて草の陰を進んだ。

しばらくして、町の端にある、民家の裏手に出た。

「こちらには、まだ来ておらんな。進むぞ」

夜道を歩く人影はない。見つかれば、すぐに不審な者として、警戒されるだろう。けれど朝まで待ったとしても、追手がいなくなるとは限らない。しかも明るい日中では、身を隠すのは難しくなる。

睡蓮と黒呑は、進むしかなかった。闇にまぎれ、足を急がせる。

※

仲近からの追手を警戒しながら、睡蓮は街道を西へ急ぐ。

緊張と恐怖からだろうか。疲れを感じることなく、夜通し歩き続けることができた。

徐々に空が白んでいき、夜が明けていく。辺りは霧に包まれていて、周囲の景色は、なおも見えない。

「追手は来ていないようだな」

足を止めた黒呑が、後ろを向いた。鼻を高く上げて、匂いを確認する。どうやら茜たちが、巧くやってくれたみたいだ。

睡蓮は、ほっと胸を撫で下ろす。

気が緩んだのだろうか。眠気と疲労が、一気に彼女を襲う。眩暈を覚え、崩れるようにしゃがみ込んでしまう。

「大丈夫か？」

「すみません。大丈夫です」

「とてもそうは思えないがな」

弱々しく立ち上がった睡蓮を、黒呑が心配そうに見上げた。休めそうな場所はないかと、耳と鼻を動かす。

「もうしばらく行けば、町に着きそうだ。そこで休もう」

黒呑に励まされ、睡蓮は重い足を前に進める。

日が昇るにつれて、霧はどんどん深まっていく。

「見失うなよ？」

「はい」

真っ白な霧の中。もしも黒呑の毛色が白ければ、すでに見失っていたかもしれない。

他の狼たちと同じ茶色い毛でも、少し離れただけで、見えなくなっていただろう。

睡蓮は、黒呑の毛が黒かったことに感謝しながら、彼の影を追いかける。

霧はますます濃くなっていく。とうとう、すぐ前にいるはずの黒呑さえも、白に染め変えられてしまった。

睡蓮は距離を詰めるために、足を急がす。

「黒呑様、お待ちください」

彼女の声を、黒呑が聞き逃すはずがない。けれど、黒呑の声は、返ってこなかった。

「黒呑様？」

焦りと不安を覚えながら、睡蓮はもう一度呼ぶ。だけどやっぱり、黒呑からの返事はない。

彼は無事なのか。

そんな不安が、胸の中に生まれてくる。

前にいるはずの黒呑に追いつくため、睡蓮はひたすら足を動かす。

「怖いか？」

突然、耳元で、しわがれた老爺に似た、それでいて童を思わせる声が囁いた。

背筋がぞわりと粟立ち、睡蓮は思わず、小さな悲鳴を上げる。反射的に顔を横に向けたけれど、そこには誰の姿もない。周囲を注意深く見回しても、人影どころか、草の影さえ、霧が隠している。

「どなたかいらっしゃるのですか？」

怯えを隠して問うても、返ってくる声はなかった。

何が起きているのか。理解できない睡蓮の心に、恐怖が迫り上がってくる。両腕を掻き抱くように握りしめ、怯えた目をきょろきょろと動かした。

「怖いのか？」

またもや、耳元で声が囁く。吐息が掛かるほど至近距離なのに、相手の姿は一向に見えない。

「隠れていないで、姿を見せなさい」

震えそうになる声を奮い立たせ、睡蓮は気丈に呼びかける。

草が、かさりと揺れた。

それだけで、体がびくりと震えてしまう。目を向けても、そちらには何もない。ただ、白い霧が漂うだけ。

「怖いんだな？」

睡蓮は咽から飛び出そうになった悲鳴を、なんとか呑み込んだ。声がしたほうに首を振りながら、横に飛び退く。

そうして、ようやく瞳に捉えた人影。その姿を認識するなり、彼女は驚愕して目を見開いた。

「父上様？」

白い霧の向こうに、彼女の父、秀正が立っていたのだ。

「睡蓮、心配したのだぞ？　戻ってこい」

秀正は柔らかく微笑んで、睡蓮を手招く。

けれどそんな優しげな父の姿を、彼女は見たことがなかった。白蛇の嫁に選ばれてからはもちろん、それ以前にも。

側室が産んだ娘だ。重要なのは、利用価値の有無。睡蓮が父から気に掛けてもらえることは、滅多になかった。

だからこそ、秀正が気まぐれに与えた鞠を、睡蓮は大切にしていたのだ。

「なぜ、父上様がここに？」

金川から遠く離れた地。秀兼に薦められた小田和も通り過ぎ、更に西へ来ている。秀正がいるはずなどなかった。

困惑する睡蓮の耳に、別の声が侵入してくる。

「無事でよかったわ。帰っていらっしゃい、睡蓮」

「姉上様、こちらへ」

「母上様？　菊香？」

いつの間にか、お万の方と菊香までもが、秀正の隣に並び立っていた。二人は睡蓮に、優しく呼びかける。

こんな穏やかに声を掛けられるなど、いつ以来のことだろうか。睡蓮は戸惑いながら、三人を見つめた。

こんな日が来るのを、彼女はずっと夢見ていた。いつか誤解が解けて、家族に迎え入れられる。そう頑なに信じることで、心を保っていたのだ。

「お許しくださるのですか？」

震える声で問い掛けると、三人とも笑顔で、もちろんだと頷く。

手招く両親と妹。

込み上げてくる歓喜の涙を、どうして止められようか。睡蓮は頬を濡らした。

「戻ってこい、睡蓮」

秀正が、優しく手招く。

「早くいらっしゃい、睡蓮」

微笑むお万の方が、両手を広げ、睡蓮を待つ。

「姉上様、こちらにお出でませ」

菊香が、花が咲いたような笑顔で、誘った。

睡蓮は濡れた頬を拭うこともせず、口を引き結び、三人を真っ直ぐに見つめる。昂る感情を呑み込むため、何度も頷いて、そして――

「お断りいたします。父母や妹の姿を騙る者に耳を貸すほど、私は愚かではございません」

毅然として言い放った。

途端に秀正たちの表情が凍り付き、目が赤く染まっていく。人としての姿が歪み、黒い影となって霧に呑み込まれた。

「なぜだ？　なぜこちらに来ぬ？」

困惑を含むしわがれた声は、三人がいたほうから聞こえてくる。

「こちらに来い！」

焦りを帯びて叫ぶ声に呼応して、霧が揺れた。白以外の色が、薄らと斑に浮かび、揺らめく。

その色付いた部分から、黒い影が飛び込んできた。

「よくやった、白蛇の嫁！」

「黒呑様！」

耳慣れた声。笑顔を向けた睡蓮の目に映ったのは、狼鬼となった黒呑。

「手こずらせおって。白蛇の嫁に手を出す愚かさを、知らぬのか？」

不機嫌に吐き捨てた黒呑の手には、子犬ほどの大きさをした、獣がぶら下がる。

いつの間にか、霧は散っていた。どうやら黒呑の手にある獣が、霧を作っていたらしい。

緑掛かった毛は水を含み、まるで藻が生えているみたいだ。体は獺のように長く、頭頂は窪んで水が溜まっている。

睡蓮を襲った下手人は、水辺の妖、湖獺だった。

「白蛇の嫁、喰えば強くなる」

霧の中で聞こえた、しわがれた声ではない。重なって聞こえていた、童の声だ。

「それで白蛇を倒せるならいいけどな。白蛇の逆鱗に触れて、八つ裂きにされるのが関の山だぞ？」

黒呑に叱られて、湖獺はしょんぼりと、肩を落とす。

「黒呑様、お助けいただきまして、ありがとうございます」

「構わぬ。それで、これをどうしたい？　処分するか？　俺としては、見逃してもらえると感謝するが」

睡蓮のほうに向けられた湖獺の顔は、獺に似て愛嬌があった。

「白蛇の嫁、助けて」

湖獺は赤くつぶらな瞳を悲しげに潤ませて、訴える。どうやら相当に、図太い神経をしているらしい。

睡蓮は考える。

先ほどまで覆っていた霧も、耳元で囁かれた声も、この湖獺の仕業だった。けれど彼の命で償わせるほど、危険な目に遭ったとは思わない。

しかし黒呑は、答えを出そうとした睡蓮に、呆れた目を向ける。

「危機感がないようだが、辺りをよく見てみろ」

黒呑に言われて周囲を見回し、睡蓮は自分の身に降りかかっていた災難を、ようやく認識した。

霧が晴れて現れたのは、大きな淡海。

先ほど秀正たちの幻が立っていたのは、その水面の上だ。誘われるまま進んでいれば、睡蓮は淡海に落ちていただろう。

本当に命を狙われていたのだと理解し、睡蓮は身震いする。

「それでも、命まで奪いたいとは思いません」

けれど、このまま放っておけば、他の人に犠牲が出るかもしれない。

睡蓮の心を読んだかのように、慌てて湖獺が喋り出す。

「俺、生きた奴は食ってない。淡海に落ちて溺れた奴だけ」

何を食べたのかと、具体的には言わなかった。だけど睡蓮は、言葉の意味を理解してしまった。

どうやら湖獺は、淡海で命を落とした人の死肉を食べていたらしいと。

人である睡蓮からすれば、嫌悪感を抱く。でもそれは、自然の摂理だ。人だけが、理から外されることはない。湖獺が手を出さなくても、魚などが啄むだろう。

「人を襲わないと約束してくださるのであれば、逃がしてくださって構いません」

「襲わない。だから逃がして」

ぱっと表情を輝かせた湖獺を見て、睡蓮はくすりと笑いを零す。ずいぶんと調子のいい性格だ。

黒呑のほうは、呆れと安堵の混じった、複雑な表情で湖獺を見ていた。

「あまり人間にちょっかいを掛けるなよ？　人間は、妖を一緒くたにする。お前のせいで、他の妖たちが討たれかねん」

「分かった。白蛇の嫁、ありがとう」

黒呑の手から離れた湖獺は、四本の足で跳ねるように駆け、淡海に飛び込む。水面から顔を出し手を振る湖獺に、睡蓮も釣られて手を振り返した。

波紋を残して、湖獺が消える。

見送っていた睡蓮の耳に、小さな呻き声が聞こえた。目を向けると、黒呑が地面に膝を突き、蹲っている。額に脂汗を掻き、苦しげに眉を寄せ、息を荒らげていた。

「黒呑様？　大丈夫ですか？」

驚いた睡蓮は、慌てて駆け寄る。黒呑の手や顔に毛が生え、体が縮んでいく。そして、黒い狼に戻った。

「黒呑様？　しっかりしてください、黒呑様！」

　力なく横たわり、肩で息をする彼に、睡蓮は狼狽える。

　怪我をしたのかと、体を見聞してみるが、傷は見当たらない。どうすればいいのか分からず、睡蓮は黒呑を抱きしめ、途方に暮れた。

「白蛇の嫁、食えば元気になるよ？」

　声に振り向くと、先ほど逃がしたばかりの湖獺が、淡海から顔を出している。

「私を？」

　すぐには理解が追い付かなかった睡蓮。けれど、湖獺が彼女を襲った理由を思い出す。そして以前、蒲鼠が、白蛇の嫁の血を飲めば強くなると、言っていたことも。

　ならばと、睡蓮は黒呑をいったん下ろし、懐刀を取り出した。その刃を自分の腕に滑らそうとしたところで、怒鳴り声が飛ぶ。

「阿呆！　何をするつもりだ？　そんなことをしても、なんの役にも立たぬ！」

「ですが！」

　今にも懐刀を自分に突き刺しそうな睡蓮を、黒呑が窘める。彼の目が、淡海のほうをじろりと睨んだ。湖獺が慌てて、水中に潜っていく。

　黒呑は深い息を吐き出してから、睡蓮に視線を戻す。

「神が在す社に連れていけ」

「どちらの神社に？」

「どこでもいい。木か水を司る神の社が望ましいが、お助けくださるかどうかは、神の御心次第。どこでも然して変わらぬ」

「分かりました」

睡蓮は黒呑を抱えて立ち上がる。

とはいえ彼女は、この辺りの地理に詳しくない。木や水を司る神の社がどこにあるのか以前に、神社がある場所さえ分からなかった。

ここまで歩いてきた道にも、幾つかの神社があったはずだ。けれど夜道であったことと、逃げることに必死だったため、彼女の記憶には残っていない。

「悩んでいても、何も変わらない」

睡蓮は黒呑を抱きかかえたまま、街道を歩き出した。

街道脇に鳥居を見つけた睡蓮は、迷わず潜った。

神が在す社に向かうよう告げてから、黒呑は一言も喋らない。それどころか、目を閉じたままだ。食いしばった歯の隙間からは、呻き声が漏れ聞こえる。

「狼鬼の姿になるのは、体に相当な負担が掛かるのだわ」

仲近の城から逃げ出したときも、黒呑は苦しんでいた。

何の制約もなく姿を変えられるのなら、もっと狼鬼の姿を取っていたはずだ。しかし狼鬼が現れたのは、睡蓮を助けるために、どうしようもなかったときのみ。

「黒呑様に助けられてばかりね。私が黒呑様にできることは、ないのかしら？」

どうか無事でいてほしい、早く元気になってほしいと、睡蓮は黒い毛皮に覆われた、温かな体を抱きしめる。

彼と出会ってから、睡蓮の生活は大きく変わった。

いつも傍にいて、護ってくれる相手がいる。それは彼女の心に、大きな安心と、ゆとりを与えた。

黒呑がいてくれるおかげで、行動範囲が広がり、こうして旅もできる。

日が高く昇っても、黒呑は目を覚まさない。

不安に思う睡蓮の腹が、小さく鳴った。

「こんな時でも、お腹は空くのね」

意識を失ったままの黒呑に申し訳ないと思いつつ、朱から貰った草餅を出して、口に入れる。

蓬の爽やかな風味。滋味あふれる甘さの小豆餡。

寝不足に空腹、それに精神的な疲労が、じんわりと和らいでいく。食べ終えた睡蓮は、ゆっくりと息を吐いた。

黒い狼は相変わらず、ぴくりとも動かず眠っている。

睡蓮は彼の頬を、優しく撫でた。いつもならすぐに気付いて、疎ましげに睨んでくる。そんな他愛のない反応さえ、返ってこない。

「黒呑様、起きてくださいますよね？」

大丈夫だと思い込もうとしても、胸はざわざわと嫌な疼きを与えてくる。

睡蓮は、懐から守り袋を出す。そっと黒呑の体に当て、その上に自分の掌を添えた。

「どうか、黒呑様をお救いください」

この守り袋にどんな意味があるのか、睡蓮は知らない。けれど伸近から逃げた後、苦しそうにしていた黒呑は、この守り袋を当てると安らいでいた。

今もまた、わずかに彼の表情が和らいだ。

眠る彼の姿を眺めていると、胸の奥に封じ込めたはずの気持ちが騒めき出す。

白蛇から逃れられたとしても、黒呑と添い遂げられるわけではない。

彼は妖で、睡蓮は人。そして白蛇に嫁がないのであれば、家の利益となる相手に、嫁がされるだろう。

そもそも、黒呑の気持ちを聞いていない。

それでも――

睡蓮の瞳から、ぽたりと涙が零れ落ちた。

「白龍様にお会いすれば、運命を変えられるでしょうか？」

何度も吹き消した灯火。焦げた芯に、睡蓮は自ら火を灯す。

手の内の守り袋が、仄かに輝いた。けれど涙に濡れた視界で、黒呑の顔だけを見つめていた彼女は、気付かない。

日が傾き、空の色が変わり始めたころ。赤い瞳が、睡蓮を見上げる。

「黒呑様！　お体のほうは大丈夫ですか？」

弾けるような笑みを浮かべた彼女の目尻には、光るものがあった。黒呑は気まずそうに顔をしかめて、そっぽを向いてしまう。

「元々大したことではない。一晩眠れば落ち着くのだから。お前は大袈裟すぎる」

「申し訳ありません。ですが、御無事で何よりでございました」

安堵が歓喜の渦となり、窘められても興奮が醒めそうにない。諦めた黒呑は、軽く息を吐き、空を見た。

「夕刻か。お前は昨夜、まともに寝ていないだろう？　もう寝ろ。朝まで見張っておいてやるから」

「御心遣いはありがたいのですが、黒呑様は病み上がりです。黒呑様こそ、どうぞお休みになってください」

「俺はもう充分に寝た。お前が寝ろ」

再度、黒呑に促され、睡蓮は不承ながら横になる。

心身の疲労が限界だったのだろう。横たわった途端、睡蓮は眠りに落ちた。

「まったく、無理ばかりしおって」

寝息を立てる彼女の額を前足でそっと撫でた黒呑の視線が、傍らに落ちる守り袋に向かう。

「ちゃんと持っておけ。……まだ役に立つかは、知らぬがな」

黒呑の瞳は、哀しみに染まっていた。

五章

街道は、山道に比べれば歩き易い。人目があるので、賊徒などへの不安も減る。

その一方で、関所を通るたびに、関銭を払わなければならない。一度に払う関銭はわずかなものだが、酷いと二町も進まぬうちに、次の関所が現れる。多くの旅人と同様に、睡蓮も辟易していた。

懸念していた、加々巳家と弓木家からの追手は、気配もない。

すでに都を過ぎ、西国へ入っている。睡蓮一人を追うために、ここまで手を伸ばすことはないだろう。距離もあるが、縁のない土地だ。下手に探っていれば、追手のほうが間者と間違えられ、捕えられる。

もう追手を警戒する必要はないのだ。そう安心する一方で、睡蓮には、別の問題が立ちはだかっていた。

空から降り注ぐ、暑い夏の日差し。容赦なく、彼女の体力を奪う。

木々が枝に、青々とした葉を茂らせ、日陰を作ってくれる。それでも西国の暑さは、しのぎ切れなかった。

「もう少し先に、茶屋がある。そこで休もう」

「はい」

黒呑に励まされながら、睡蓮は歩を進める。

茶屋まで辿り着くと、倒れるようにして、床几台に腰を下ろした。暑さで体が火照り、口から吐く息まで、熱くなっている気がする。

「暑気あたりかね？　枇杷葉湯か、冷えた瓜がいいだろうけど、どうする？」

茶屋の店主である、白髪交じりの老爺が、心配そうに声をかけてきた。

枇杷葉湯は、枇杷の葉の他に、肉桂や甘草などを加えて、煎じた薬湯だ。暑気払いに効果があるとされ、夏に出回ることが多い。

冷えた甜瓜は、体の熱を取ってくれるだろう。

「枇杷葉湯をお願いします」

食べる力も残っていなかった睡蓮は、枇杷葉湯を求める。

すぐに運ばれてきたのは、緋色の液体。ゆっくり飲むと、少しすっきりした。

「しばらく休んでいくといい」

「ご親切に、ありがとうございます」

老爺は桶を持って、茶屋の裏に向かう。どうやら湧水が流れているらしく、汲んだ水を、睡蓮のもとに運んできてくれた。

「布を冷やして、首元に宛がうと楽になる」

「ありがとうございます」

睡蓮は礼を言い、懐から出した手拭いを、水に浸す。首筋に当てると、驚くほど冷たい。反射的に、体がびくりと震えた。

しばらくすると、火照っていた体から熱が抜けていく。ぼんやりとしていた頭の中も、すっきりとしてきた。

そうなると、自分のこと以外にも意識が向く。

「黒呑様は、大丈夫ですか？」

毛皮に覆われた体。しかも陽の熱を多く蓄える、黒い毛皮だ。

「俺を何だと思っているのだ？　この程度の暑さ、効かぬわ」

ふんっと鼻を鳴らす彼の半分は、妖である。普通の獣よりも、丈夫にできているのだろう。

そう考えた睡蓮は、ならば自分はどうなのかと、疑問が浮かぶ。彼女も妖の力を宿しているのだ。けれど、夏の暑さで弱っている。

「何が違うのでしょうか？」

「鍛え方が違うのだろうよ」

自分の無力さを嘆く睡蓮に、黒呑がにやりと笑んだ。

野山を駆けて生きてきたであろう彼に、睡蓮は太刀打ちできない。

厳しい環境で暮らしてきた睡蓮だけれども、それは、恵まれた身分という前提があってのこと。生まれが違えば、もっと辛い思いも経験しただろう。

「甘えていたのでしょうか」

「そうは思わないがな。お前はお前で、よくやってきただろう?」

取り繕った慰めの言葉ではなく、素っ気ない言葉。だからこそ、彼の本心だと分かる。心に染み込み、しこりを解す。

「ありがとうございます」

黒呑が傍にいてくれて、睡蓮がどれほど救われたか。彼はきっと、知らないだろう。

体調が戻って来た睡蓮は、温くなった水を草むらに捨て、桶を老爺に返した。

「お水をありがとうございました。お蔭でだいぶよくなりました」

「そりゃあ、よかった。食欲が出たなら、素麺を食べていかないかい?　うちの名物だ。食欲がなくても、つるんと食べられる。土産話にもなるだろう」

素麺は精進料理として、寺や門前町で供される。街道の茶店で振る舞われるのは珍しい。

老爺は、行き倒れていた僧侶を助けた際に、伝授されたのだと語った。

早朝から歩いて、昼はとうに回っている。食べられるならば、少しでも腹に入れておいたほうがいいだろう。

甜瓜という選択もあったけれど、折角なので、睡蓮は素麺を頂くことにした。

老爺は素麺を茹でる間に、茶屋の裏に回り、韮と紫蘇を採る。早々に茹で上がった素麺は冷水に放って、韮と紫蘇を刻む。器に盛った素麺の上に、韮と紫蘇を乗せ、冷やした出し汁を掛ければ完成だ。

糸のように細い、つるりとした麺。紫蘇の爽やかな香り。椎茸から取った、優しい出汁の風味。口に入れてしまえば、抵抗なく胃まで運ばれていく。

一口食べたところで胃の腑が起きたのか、睡蓮の食欲が戻ってきた。

そうなると、今度は滋味あふれる味わいの韮が、美味しく感じる。疲れが癒え、体に活力を生み出す。

「美味しい。生き返った気がします」

「そうだろうよ」

老爺は嬉しそうに、顔のしわを増やした。

腹ごしらえを終えた睡蓮は、念のために甜瓜を買い求め、湧水も汲ませてもらう。

茶屋の老爺に改めて礼を言い、旅を再開した。

一度火照った体には、まだ熱が残っていたのだろう。小半刻も歩かないところで、睡蓮は再び、内から熱を感じ始めた。

「大丈夫か？　もうしばらく、休めばよかったな」

「御迷惑をおかけして申し訳ありません」

「こういうときは謝るのではなく、甘えるべきだ。先に鳥居が見える。とりあえず、あそこまで行って休もう」

眩暈と倦怠感で、睡蓮は足下がおぼつかない。黒呑に従って、街道脇にあった、鳥居の脇に腰を下ろす。それから水筒の水で、咽を潤した。

「狼鬼の姿になれば運んでやれるが、その後に何かあっても、護ってやれないからな」

「私は大丈夫ですから。そのような無理は、なさらないでください」

狼鬼の姿に戻った後、黒呑は、自力で動けないほどに衰弱してしまう。そんな姿を、睡蓮は見たくなかった。

「今日はもう、休んだほうがよいだろう」

日の長い時期だ。今からでも歩けば、夜になる前に、次の町へ辿り着けるだろう。けれど、町に着く前に、また体調を崩すかもしれない。ふらつく程度ならまだしも、倒れて意識を失うことだって考えられる。

「そうですね。今夜は、この神社に泊めていただきましょうか」

鳥居の先に視線を向けると、参道が山の上に延びていた。

神社で夜を越すと決めたなら、先を急ぐ必要はない。気が緩んだ睡蓮は、ほっと息を吐き、後ろにあった岩に背を預ける。

全身が重かった。目を閉じれば、そのまま眠ってしまいそうだ。

しばらく休み、歩けるほどに体調が戻ると、睡蓮は参道を上る。いつの間にか、日がずいぶんと傾いていた。風が吹けば、幾（いく）ばくか涼しく感じる。

本殿の前に甜瓜（まくわうり）を供（そな）えると、ここまで無事に来られたことへの感謝を伝えた。続いて、軒の下を借りる許しを乞う。

まだ日暮れまでは時間がある。けれど弱った体は、横になることを望んでいた。

「ゆっくり休め」

「ありがとうございます」

拝殿に横たわった睡蓮は、微睡（まどろ）む余裕もなく、眠りに落ちた。

夜半。睡蓮はふと、目が覚めた。

暗闇の中で、誰かが睡蓮の頭を撫（な）でている。

冷たい手が触れたところから、疲れと熱が和（やわ）らいでいく。あまりの心地良さに、目を閉じて、身を任せたくなるほどだ。

もう一度眠ろうと目を閉じた睡蓮は、はたと我に返る。

彼女を撫でる手は、いったい誰のものか。少なくとも、黒呑のものではない。

「何者ですか？」

身を起こし、距離を置くため体を捻る。

突然起き上がったためか、眩暈がして、視界が歪む。それでも睡蓮は、相手を睨みつけた。ぼやけた視界に、白い影が映る。

しばらくして、相手の姿がはっきりしてきた。

平安貴族を思わせる、真っ白な束帯姿。白絹のように長い髪は、束ねることなく、後ろに流している。肌には白い蛇の鱗。優しげな赤い瞳に、睡蓮を映す。

「白蛇様？　なぜ、あなた様がここに？」

狼狽えながらも、睡蓮の目は、黒呑を探した。

誰かが来れば、すぐに起こしてくれるはず。それなのに、彼の姿がないのだ。

まさかと、嫌な予感がよぎる。

白蛇の番に手を出す存在がいれば、どんな報復が行われるか分からない。釘を刺されていたのに、黒呑の大丈夫だという言葉に甘えて、共に旅をしてきた。

もしや彼は、白蛇の怒りに触れてしまったのではないか。睡蓮の背筋に、冷たいものが流れる。

そんな彼女の内心に気付かないのか、白蛇は嬉しそうに、うっとりと彼女を見つめていた。

「約束の時までは、今しばらくあったのに。自ら参ってくれるとは」

ちろりと赤い舌を覗かせた、白蛇の姿が歪む。白い身体が伸びていき、持ち上げた上半身だけでも人の背丈を超える、大蛇となった。

「あ……」

呆然と見上げる睡蓮に、白い大蛇は身を寄せる。包み込むように、とぐろを巻きつけた。

ひんやりとした白蛇の肌が、睡蓮の体を覆い尽くす。

「嬉しいのう」

目を細めた白蛇が、ちろりと赤い舌を出して、睡蓮の頬を舐めた。

睡蓮の体は、首から下を、大蛇となった白蛇に拘束されている。手を使って抗うことも、体を捩って逃げることも、叶わない。

「睡蓮！」

突如、黒呑の声が響く。

彼は生きていた。

けれどその身は、岩に埋まる。首から上は出ているが、四肢を封じられて、睡蓮のもとへ駆けつけるのは、無理そうだ。

怪我はないのかと、睡蓮は黒呑の名を呼ぼうとする。

けれど、開いた口から、彼の名が出ることはなかった。

「我が嫁の名を、口にするでない」

怒りに満ちた、白蛇の叱責。瞳孔が縦に裂け、黒呑を睨む。

もしここで睡蓮が黒呑の名を呼べば、白蛇の怒りは、ますます増すだろう。睡蓮は覚悟を決める。そして、白蛇に顔を向けた。

「白蛇様、お許しください。その者は、私をここまで案内してくださったのです」

睡蓮に顔を戻した白蛇が、じっと見つめてくる。

蛇の顔では、表情が分かりづらい。睡蓮は白蛇が何を考えているのか、分からなかった。

逆に白蛇には、恐怖と緊張で早打ちする、彼女の鼓動が伝わっていることだろう。

息が詰まり、睡蓮の頭の中が霞んでいく。

ふっと、白蛇の目元が優しく細められた。

「そうか。ならば許そう」

安心した睡蓮の頬に、白蛇の長い舌が触れる。

「しかしそなた。先ほどから心の臓が、ずいぶんと高鳴っておるぞ?」

嘘を気取られたのかと、睡蓮の顔から血の気が引いていく。けれどそれは、杞憂だった。白蛇は嬉しそうに目を細める。

「それほどに、私に会いたかったのか？　嬉しいのう」

蕩けるような眼差しで睡蓮を見つめる白蛇は、もう一度、彼女の頬を舐めた。そして、彼女を頭まで覆い尽くす。

睡蓮を包み込んだまま、白蛇はとぷりと、地面に沈んだ。


睡蓮が目を開けると、そこは、見たことのない部屋だった。

白木の天井。白漆喰の壁。何の模様もない、真っ白な屏風。立派な造りの屋敷ではあるけれど、色がなく、浮世離れしている。

「気が付いたか？」

声をかけられて顔を向けると、白蛇が気遣わしげに見ていた。

どうやら睡蓮は、白蛇の宮に来てしまったらしい。白蛇の嫁となる運命からは、逃れられなかったのだ。彼女の心は沈んでいく。

けれど落ち込むより先に、確かめなければならないことがあった。

「連れは無事でしょうか？　岩に閉じ込められていましたけれども」

「案ずるな。すでに解放している」

ならばきっと、大丈夫だろう。そう、睡蓮は自分に言い聞かせる。散々世話になったというのに、黒呑に、別れの挨拶すらできなかった。恩知らずな自分を恥じる一方で、なぜだか胸が、引き裂かれるように痛む。

「怖がらせてしもうたか。だが気を病んでくれるな。せっかくの美しい御魂が、曇ってしまう。忘れよ」

白蛇の指先が、睡蓮の頬を撫でる。驚いて顔を上げると、目が合った。見つめてくる赤い瞳に、下心など見当たらない。ただひたすらに、心を痛める睡蓮を、案じているのが分かる。

「申し訳ございません」

「よいよい。心を痛めるのは、そなたの御魂が、優しい証拠。謝る必要などない」

微笑む白蛇を見て、睡蓮は緊張を緩めた。

けれど、続いた言葉にぎょっとする。

「腹が減っておるのではないか？　食事を用意させておる。すぐに運ばせよう。鼠がよいか？　蛙がよいか？」

人の姿をしていても、彼は蛇の妖。食性が人と異なるのは、仕方がないだろう。しかし鼠も蛙も、睡蓮は食べない。

青ざめた彼女を見て、白蛇ははて？　と首を傾げた。少し考えた後、睡蓮の咽元に、視線を落とす。

「鱗は咽までしか生えておらぬのう。味覚はまだ、人間のものか？」

全身に鱗が回れば、蛇と同じものが好きになるのだろうか。

睡蓮の背筋に、悪寒が走る。

だが幸いと言っていいのか、今はまだ、人の感覚のままだ。戸惑いながら首肯した。

「ならば、人間の食べ物を用意させよう。食べたいものはあるか？」

「特には」

ないと答えようとした睡蓮だったけれども、考え直して、言葉を切る。曖昧に濁せば、何を食べさせられるか分かったものではない。

「米や野菜などを煮炊きしたものを頂けますと、嬉しく思います」

「米や野菜か。魚や水菓子はどうじゃ？」

「食べられます」

「そうかそうか。では、用意させよう」

睡蓮の答えに、白蛇は満足げに頷いて手を叩く。

「我が妻は、まだ人間の味覚をしておる。人間の娘が好む食べ物を用意せよ」

白蛇が命じると、廊下にいた気配が、音もなく去っていった。

睡蓮は白蛇の様子を窺う。

「怒らないのですか？」

「何をじゃ？」

「白蛇様がご用意してくださった御馳走を、お断りいたしました」

申し訳なさと恐怖で身を竦める睡蓮を、白蛇は不思議そうに見つめる。

「そのようなことで、なぜ怒らねばならぬ？　私はそなたを喜ばせたい。そなたが厭うものを押し付ける気など、ないぞ？」

柔らかな瞳に映されて、睡蓮はそっと視線を下げた。

彼が人であれば、幸せな夫婦生活を送れたかもしれない。否。たとえ人でなくとも、この優しい白蛇とならば、幸せに暮らしていけるだろう。

頭ではそう思えるのに、睡蓮の心は、晴れなかった。もやもやとした黒いものが、胸に重くつかえている。

「どうした？　具合が優れぬのか？」

「大丈夫でございます」

白蛇が眉を下げて、心配そうに顔を覗く。睡蓮は微笑んで、首を横に振った。

「無理はしてくれるな。そなたは私の、大切な嫁じゃからな」

「御心配をおかけして、申し訳ありません」

蛇の妖は、嫉妬深い。自分の心の内を知られれば、怒りの矛先が黒呑に向かいかねない。

だから睡蓮は、心に蓋をする。

「なんの。謝ることはない。それよりも、そなたが自ら会いに来てくれたこと。私は本当に嬉しい」

笑みの花を咲かせる白蛇。

今度は睡蓮が、首を傾げる番だ。

神社でも、白蛇は同じことを言っていた。

けれど彼女は、白蛇に会いに来る気など、まったくなかった。目指していたのは、白龍が在すという、矢萱の宮である。

「あのう、この屋敷は、どこにあるのでございましょう？」

「白岩国じゃ。笠谷国の社におった青大将から、そなたが来ておると連絡があったのでな。急ぎ迎えに行ったのじゃ」

どうやら睡蓮が休ませてもらった神社に、白蛇に繋がる者がいたらしい。

白岩と矢萱は、二里ほどしか離れていない。

金川からの長旅。どちらに向かっているかなど、道中では分からないだろう。白蛇に会いに来たと誤解されたのも頷ける。

「白蛇の皆様は、白岩国でお暮らしになるのですか？」

「童の内はな。白岩国で卵から孵り、神力を学ぶ。成獣すれば社を与えられ、巣立つ。私は卵の内に拐されたゆえ、そなたの傍で生まれた」

朗らかに語る白蛇。だが睡蓮は、冷や汗が流れる気分だった。

白蛇の卵を拐し、金川まで運んだのは、彼女の先祖で間違いないだろう。

人間の心の機微に疎いのか。睡蓮の動揺に気付かぬ白蛇は、気恥ずかしそうに頬を掻く。

「実を言うとのう、私は生まれることなく封じられておったゆえ、神力が弱っておるのじゃ。生まれたての子蛇よりも弱い。社を任されるほどに育つまで、ずいぶんと掛かるじゃろう。それまで不便をかけるかもしれぬが、許せ」

「滅相もございません」

「やはりそなたは優しいのう」

白蛇は手放しに誉めるが、誉められた睡蓮は、身が縮こまる思いだ。

彼の神力が弱まったのも、社を任されないのも、睡蓮の先祖が犯した罪が、原因なのだから。

もしも彼がそのことを知れば、一族郎党、殺されてしまうかもしれない。

けれど、睡蓮が知る彼は、優しい白蛇だ。もしかすると、睡蓮の命だけで、見逃してくれる可能性もありえる。

そんな一縷（いちる）の希望を抱いた睡蓮は、居住まいを正す。それから両手を突いて、額（ぬか）ずいた。

「白蛇様、申し訳ございません」

「なんじゃ？　どうしたというのじゃ？」

白蛇の目が、驚きで丸く広がる。睡蓮の肩に手を添えて、顔を上げさせようとした。

しかし睡蓮は首を横に振って、彼の手を断る。そして、白蛇の卵が祀（まつ）られていた祠（ほこら）の成り立ちを告げた。

先祖が龍神の卵と思われる丸石を手に入れたこと。その丸石を得てから、加々巳家は力を持ち、一国を統治するほどにまで成長したこと。

「私は、その加々巳家の娘でございます。白蛇様の卵を拐して封じた、罪人の娘なのでございます。どうか罰は、私一人にお願いできませんでしょうか？　加々巳家の者たちと金川の民たちは、お見逃しくださいませ」

睡蓮は目をつむって沙汰を待つ。

決死の覚悟の彼女を、白蛇はきょとんとした顔で見つめる。

「何か悩んでおるとは思うていたが、そんなことか」

理解するなり、表情を緩めた。

「怒ってなどおらぬよ？　卵を奪われて、母上は怒りくるったらしいが、拐した者はすでにこの世におらぬ。その血を引いておるからといって、当時まだ生まれてもなかったそなたが罪を背負うなど、おかしきことじゃ」

「けれども」

「よいよい。我が妻は、真に心が清い。よき伴侶を産み育ててもらったのじゃ。むしろ、礼を言わねばならぬな」

なおも言葉を重ねようとする睡蓮を、白蛇(はくだ)が制する。そして睡蓮の両肩に手を添え、今度こそ、彼女の顔を上げさせた。

「さ、そろそろ準備が整ったようじゃ。たんと食べて、腹を落ち着かせるがいい。そうすれば、気持ちにゆとりもできよう」

白蛇が二度手を叩くと、大蛇(だいじゃ)たちが懸盤(かけばん)に乗せた食事を運んでくる。

大蛇たちの上半身は、人の姿をしていた。けれど顔は、白布を垂らして隠している。女物の朝服をまとっているので、雌(めす)だろう。裾(すそ)から覗く蛇(へび)の下半身は、普通の蛇に比べれば薄い色だが、白蛇ほど白くはない。

上半身だけでも、人と変わらぬ背丈。尾を足せば、人を超えるだろう。

思わず身を引いた睡蓮の背に、白蛇が優しく手を添える。

「怖がらずともよい。この者たちは、私の世話をしてくれている者たちじゃ。そなたに危害を加えることはない」

「はい。皆様、失礼をいたしました。お許しくださいませ」

睡蓮が頭を垂れると、大蛇たちは揃って、問うように白蛇を見た。白蛇が頷き返すのを確かめると、懸盤を残して、するすると去っていく。

「そのように畏まらずともよい。先ほども言ったが、あれらは私と、そなたの世話をするためにいる。気を緩めよ」

言葉通りに受け取れるほど、睡蓮の肝は据わっていなかった。だからといって、固辞するのも違うだろう。素直に頷くと、白蛇は零れそうな笑みを浮かべる。

改めて、運ばれてきた御馳走に意識を向ける。

鯛の塩焼きに、刺身の盛り合わせ。芋に慈姑、蓮根の煮物。枇杷や桃といった、果物まであった。

あまりの豪華さに、睡蓮は目を瞠る。

「さ、遠慮なく食べよ」

「ありがとうございます」

礼を言った睡蓮だが、彼女の箸は進まない。

「どうした？　好まぬか？」

「いえ、そういうわけではないのですが」

睡蓮の頭には、狛犬たちがいた神社で、黒呑に忠告された言葉があった。

――異なる世界の飯を食らえば、その世界に縛られる。

白蛇の屋敷まで来た以上、もう、人の世に戻ることはできないだろう。そう理解していても、諦めきれない心が、残っていたらしい。

じっと見つめる、白蛇の瞳。睡蓮には、早く諦めろと、急かしているように感じてしまう。

震える手を抑えて、箸を取る。けれど、摘んだ煮物は箸から滑り落ち、床を転がった。

「ああ」

睡蓮の顔色は、真っ青だ。怯えつつ白蛇を窺うが、怒った様子は見当たらない。

「やはり、どこか具合が悪いのではないか？」

「そういうわけでは」

白蛇は、ひたすらに優しい。それなのに、睡蓮は、彼を受け入れられずにいる。

罪悪感が、胸を締め付けていく。

「人間が奉げてきた品から見繕わせたのだが、好みに合わぬかのう？」

「人間が奉げてきた品？」

「そうじゃ。そなたの口に合うものが分からぬからの。人間が寄越したものであれば、そなたも食べられるかと思うたのじゃが。いかぬか？」

人が白蛇に奉げたものであれば、人の世の食べ物であろう。ならば、目の前の御馳走を食べたとしても、睡蓮が人の世から隔離されることは、ないのではないか。

「いえ、頂きます」

安心した睡蓮は、改めて箸を伸ばす。

「美味しい！」

出汁の旨味が染み込むほどに、柔らかく煮られた蓮根。口の中で、ほくりと解れた。

「そうか、そうか。口に合ったなら、何よりじゃ。遠慮なく食べよ。そなたは少々、痩せすぎておる気がする」

白蛇が嬉しげに、目尻を下げる。しかし視線が睡蓮の体に向かうなり、今度は眉が下がった。

「私が白岩国に戻ったゆえ、そなたの家に与えられていた加護が失われ、貧しくなって食料を得られなんだか。気が付かず、可哀そうなことをしてしまった。不甲斐ない夫を許せよ」

幸せそうに御馳走を味わう睡蓮。彼女を見つめる白蛇の目尻から、一筋の涙が零れ落ちる。見当違いの想像をしていることに、白蛇は気付かない。

なにせ白岩であれば、人が白蛇の伴侶に選ばれれば、町や村を上げての大騒ぎ。白蛇が迎えに行くまで、蝶よ花よと、大切に育てられる。

まさか自分の選んだ娘が冷遇されていたとは、思いもよらなかったのだ。

睡蓮が白蛇(はくだ)の屋敷に招かれて、数日が経った。

白蛇は睡蓮に、何も求めない。美味(おい)しいものを食べさせ、美しい衣装を与え、共に楽や舞などを楽しみ、ただ甘やかす。

「私は何をすればよろしいのでしょうか？」

「好きなことをすればよい」

問うてみても、答えはにべもない。睡蓮は、戸惑うばかりだ。

蛇(へび)の鱗(うろこ)は、すでに彼女の頬近くまで覆(おお)う。四肢は手首と踝(くるぶし)まで。

白蛇の宮に来てから、鱗の侵食は早くなっていた。

白蛇はたびたび、人の肌と蛇の鱗の境目を、確かめるように撫(な)でる。

「もう少しじゃのう。楽しみじゃのう」

うっとりと目を細めて、熱い眼差しを注ぐ。

喜ぶ白蛇とは対照的に、睡蓮の気持ちは沈んでいく。鱗が全身を覆ったときこそ、睡蓮は、白蛇の嫁に迎えられるのだから。

白蛇に不満があるわけではない。人でないことを差し引いても、好ましい相手に思える。それなのに、睡蓮が彼に惹(ひ)かれることはなかった。

目蓋の裏に浮かぶのは、狼鬼となった、黒呑の姿。

彼は本当に、無事なのだろうか。

最後に見た姿を思い出しては、釘で引っかかれるように、胸が痛む。もう一度、彼に会いたいと、心が切なく震えた。

「白蛇様が、もっと早く迎えに来てくだされば」

そうすれば、黒呑と縁を深めることは、なかっただろう。優しい白蛇に絆されて、一切の憂いなく嫁げたに違いない。

身勝手な思考だと分かっていながら、睡蓮は、恨めしげに白蛇を見てしまう。

「なんじゃ？　何か言いたいことがあるのなら、遠慮なく言うがよい。夫婦になるのじゃ。互いのことを、よく知らねばのう」

「いいえ、白蛇様。私からは、何もございませぬ」

「そうか？　ならば私が聞いてもよいかのう？　私がいなくなってから、どのように暮らしておったのじゃ？」

睡蓮はどう答えたものかと、首を捻る。真実はとても話せない。

「屋敷の奥で、静かに暮らしておりました」

「私と同じじゃのう。どのような人間が、周りにおったのじゃ？」

嘘にならぬよう言葉を選びながら、睡蓮は無難な答えを返す。

白蛇は朗らかに微笑んで、彼女の話に耳を傾けていた。

けれど、笑みを湛える瞳の奥は、徐々に剣呑なものとなっていく。赤く光る瞳に見つめられているうちに、睡蓮の頭が、ぼんやりとしてきた。

「そなたは、どのような場所で暮らしておった?」

問われた睡蓮は、唇を震わせる。組み上げていたはずの言葉は霧散して、声にならなかった。

しばらくして、ようやく紡ぎ出せたのは、真の言葉。

「白蛇様の祠の脇に建てられた、離れにおりました」

「そこは、快適であったか?」

「いいえ。冬は風が吹き込んで寒く、梅雨の時期は雨漏りがして、万両殿が恋しく思いました。けれどそれ以上に、家族から厭われて、一人で暮らさなければならないのが、辛うございました」

語る睡蓮の目尻から、涙が零れ落ちる。

「私が傍におらぬ間、苦労させたようじゃのう。すまなんだ」

頬を伝う涙を、白蛇が赤い舌で、ちろりと舐め取った。

「じゃが、もう安心するがいい。これからは、私がそなたの家族じゃ。私は常にそなたの傍におり、大切にしよう。下界のことなど、忘れてしまうがいい」

涙が一粒零れるたびに、睡蓮の記憶も零れ落ちる。

旅の道中で出会った人々の顔が、にじんでぼやけ、虚ろになっていく。そして彼らの全身が、霧に呑まれるようにして消えた。

どんな人たちだったのか、睡蓮はもう、思い出せない。隣を歩いていた、黒い狼の姿まで、黒い靄となり、揺らめいて霧散する。

記憶は更に遡っていく。金川に残してきた、家族や民の姿が、睡蓮の前に浮かんでは、霞んで消えた。

「辛かったのう。成熟するまでは親元にいるほうがよいと、思い込んでおったのじゃ。迎えに行かず、すまなかったのう」

白蛇が優しく睡蓮を抱きしめる。ひんやりとした彼の肌が、泣いて火照った彼女の肌には、心地良く思えた。

全てを受け入れてくれる、優しい世界。水の中を揺蕩うように、睡蓮の体から、力が抜けていく。

夢心地の中、睡蓮は虚ろな眼差しで、白蛇の瞳を見つめ続けた。人とは異なる、赤い瞳。

恐ろしさはない。ただただ、心が安らいでいく。

「しばらく眠るがいい。眠って起きれば、心も体も、苦しみから解放されていよう」

「……はい」

白蛇の言葉に従って、睡蓮は目蓋を閉じた。

目が覚めた睡蓮は、白木の天井を見上げながら、先ほどまで見ていた夢を思い返す。

失くした鞠を泣きながら探した、幼い日。助けてくれたのは、白い衣に身を包んだ、赤い瞳と、白い髪を持つ男。

彼は言った。

また会いたいのならば、神に仕えるのに相応しい、清らかで、美しい女になれと。

考えてみれば、奇妙な言葉だ。

男が人であれば、そんなことは言わないだろう。

「人でなければ？」

もしも彼が神に仕える者であれば——神となる運命の者であれば、睡蓮と再会するためには、必要な条件だったのではないだろうか。白蛇はいつも、睡蓮の御魂の美しさを誉める。

考え込んでいた睡蓮は、衣擦れの音を聞いて、首を動かした。

「体調はどうじゃ？」

目に映った白蛇の姿を、ぼんやりと見つめる。

「赤い瞳。白い髪。白い衣」

「なんじゃ？」

睡蓮の呟きを聞いた白蛇が、不思議そうに問う。

軽く首を横に振った睡蓮は、起き上がりながら微笑む。

「すっかり元気です」

「それはよかった」

嬉しげに微笑み返した白蛇が、睡蓮の隣に腰を下ろした。白い手が伸びて、彼女の頬に触れる。

睡蓮の肌を覆う蛇の鱗は、もう額にまで達していた。

「白蛇様」

「なんじゃ？」

「昔、鞠を失くした女童を、助けたことはございませんか？」

「はて？　そのようなことがあったかのう？」

首を傾げる白蛇を見て、睡蓮は彼ではなかったのかと、残念に思う。

とはいえ、人を助けたことなど、すぐに忘れてしまう者も多い。優しい白蛇ならば、困っている童を助けるなど、当然のことだろう。一々憶えていなくても、仕方のないことだ。

睡蓮はそう思い直す。

思い出の彼と出会ったのが、白蛇が生まれるより前のことであったことには、考えが至らない。

「よいのです。もう一つ、お尋ねしてもよろしいでしょうか？」

「なんじゃ？　なんでも聞くがよい」

「白蛇様のお名前を、教えていただけませんでしょうか？」

妻となるのであれば、きちんと彼の名を呼ぶべきだ。そう思って問うと、白蛇はうっとりと目を細めた。

「嬉しいことを聞いてくれる。じゃが残念なことに、私には、まだ名がない。そなたが付けておくれ」

「まあ、私が名付けてもよろしいのですか？」

「無論じゃ。祝言を終えたら、私に名をおくれ。さすれば私は、永遠にそなたのものとなる」

「なんだか、畏れ多いですね」

「なんの。夫婦となるのだから、当然のこと。妖は、真名を交わして縁を結ぶのじゃからの」

睡蓮の首筋に顔を近付けた白蛇は、ちろりと舐める。くすぐったくて睡蓮が身を捩ると、白蛇が彼女の顔を覗き込んだ。

「嫁になってくれるな?」

赤い瞳の中で、頬を上気させた娘が、嬉しそうにはにかむ。彼女の目は、どこか虚(うつ)ろだ。

「もちろんでございます。不束者(ふつつかもの)ですが、幾久(いくひさ)しくよろしくお願いいたします」

「嬉しいのう」

答えを聞くなり、白蛇は目を細めて、彼女を抱きしめた。睡蓮は胸の奥に違和感を覚えながら、白蛇の胸に頬を寄せる。

何かを忘れている気がした。

けれど、何を忘れているのか、思い出せない。

むず痒(がゆ)く感じる思いの正体が分からないまま、祝言の準備は、着々と整えられていく。

睡蓮は、純白の花嫁衣装に身を包む。頭から白い袿(うちぎ)を被(かず)くと、花嫁の世話をする待(まち)上臈(じょうろう)に導かれ、祝言の間に進んだ。

部屋の最奥に用意された、白い敷物。その上に座らされて待っていると、白い束帯(そくたい)姿の白蛇がやってきた。睡蓮と向かい合うようにして、敷物の上に座る。

白蛇(はくだ)は嬉しげに、熱い眼差しを睡蓮に注ぐ。

「美しいのう。衣(ころも)も、肌も、御魂(みたま)も、穢(けが)れなき真白。よき嫁を迎えられて、私は果報者じゃ」

三方に乗せられた、三つ重ねの盃(さかずき)。

白蛇が己の腕を切って、血を垂らした。

「飲むがよい。これでそなたは、私のもの。煩(わずら)わしい下界とは縁を切り、私と平穏な時を生きようぞ」

差し出された盃を、睡蓮は両手で受ける。口元へ運び傾けると、白い器(うつわ)の上に、赤い線が伸びた。

あと少しで、唇に触れる。

うっとりと目を細めていた白蛇が、待ちかねて、ごくりと咽(のど)を鳴らす。

その時だった。

「睡蓮！」

彼女の名前を呼ぶ声が、屋敷に響く。

睡蓮の動きが止まる。

けれど誰の声なのか、彼女には分からない。

大蛇(だいじゃ)たちの悲鳴や、咎(とが)める声が飛び交う中、祝言の間に、狼鬼姿の黒呑が飛び込んできた。

「無事か？　睡蓮！」

黒呑は、彼を止めようとする大蛇をかわし、睡蓮のもとに駆けてくる。そして迷うことなく、彼女の手にあった盃を打ち払った。

そんな彼の行動を、睡蓮は不思議な思いで見る。

「どうした？　俺が分からぬわけではあるまい？」

黒呑が問いかけるけれど、睡蓮は虚ろな瞳に彼を映すだけ。彼女は彼が誰なのか、もう思い出せない。

「白蛇！　貴様、睡蓮に何をした？」

憤怒の形相となった黒呑が、牙を剥き出し、白蛇を睨む。並の人であれば、怯えて身を竦めるだろう気迫。

しかし、白蛇に動じる素振りはない。口元を笏で隠し、冷めた眼差しで黒呑を見る。

「祝言の邪魔をしておいて、なんという言い草じゃろうか。それに、我が嫁の名を呼ぶことは許さぬと、申し伝えたはずじゃぞ？」

白蛇から、ぶわりと殺気が膨れ上がった。

睡蓮に向けられていた柔らかな表情は、痕跡すらない。般若のように怒りを湛え、瞳孔が縦に伸びる。

「一度は見逃してやったが、二度目はない。そも、どうやって入り込んだ？」

じろりと黒呑を睨みつけた白蛇の目が、嫌悪感を帯びて窄む。

「なるほど。そなた、元は神の眷属か。わずかに残っておった神力で、結界を超えたな。しかしその姿。ずいぶんと穢れておる。到底、神に仕えておったとは思えぬのう。……神を殺めたか」

黒呑は何も答えない。先ほどまでの威勢は消沈し、表情を落とした顔で立ち尽くす。

「眷属が神殺しを犯したなら、加護を与える神は、自らの手で罰せねばならぬ。放置されているということは、そなた、仕えていた神を殺めたな」

図星なのだろう。黒呑の赤い瞳が、昏く落ち窪んでいく。

白蛇が太い溜め息を吐いた。

大蛇たちは武器を構えて、黒呑を油断なく睨む。

「私も殺しに来たか？　神を殺したところで、力は得られぬ。むしろ呪いを受けて、弱体化する。一度では理解できなんだか？」

嘆かわしいとばかりに、白蛇が首を横に振る。

黒呑が目蓋を伏せた。ゆっくりと息を吐いてから、再び目を開く。

「お前を殺しに来たわけではない」

「では何をしに来た？」

「この娘を、返してもらいに来た」

睡蓮の腕をつかもうと伸ばした黒呑の手を、白蛇が笏(しゃく)で払う。反射的に睨みつけた黒呑は、目を見開いたまま硬直した。

白蛇はまだ、神ではない。けれど、神となれる力を持って生まれた妖(あやかし)だ。半妖の黒呑とは、格が違う。

先ほどまでの怒りが生温(なまぬる)いと思えるほどの、圧倒的な畏怖。黒呑は動くこともできず、蝕(むしば)まれていく。

「無礼じゃのう。跪(ひざまず)け」

目に見えない力が加わり、黒呑は押しつぶされるようにして、床に膝(ひざ)と手を突いた。上体を起こそうとするも、顔を上げることすらままならない有り様だ。

それでも、咽(のど)を嗄(か)らす勢いで叫ぶ。

「睡蓮！　目を覚ませ！」

睡蓮は答えない。

彼女の名を呼ぶ黒呑の姿を、その目に映そうとさえしなかった。

「白蛇、睡蓮にかけた術を解け」

「我が嫁の名を呼ぶのを、やめよと言うておる。然様(さよう)なことしておらぬわ。大切な嫁に、危害を加えるわけがなかろう」

「ならばなぜ、睡蓮はそのように虚ろな目をしている？　魅了か傀儡の術でもかけたのであろう？」

「本に失礼な」

歯を剥く黒呑に対して、白蛇は肩を竦めて息を吐く。

「辛い記憶を、取り除いてやっただけじゃ。これから私の妻となって暮らすのじゃから、人間であった時の記憶など、なくても構わぬじゃろう？」

なんということもないように言ってのける白蛇を、黒呑は苦い思いで睨みつけた。

だが白蛇に言っても、埒が明かないと考えたのだろう。睡蓮に視線を戻す。

「睡蓮、意思をしっかり持て！　どんなに辛い記憶だろうと、それもお前の一部だろう？　失ったままでいいのか？」

問い掛ける黒呑。睡蓮の瞳が揺れる。

「だあれ？」

憶えのない男が、自分の名を呼ぶ。知らないはずなのに、その声に、姿に、懐かしさを覚えた。

覚束ない思考。霧中をさ迷う、おぼろげな記憶。

目の前でうつ伏せになっている男は、いったい誰なのだろうか。

睡蓮は懸命に、記憶の糸を手繰り寄せる。

「――赤い、瞳」

失くした鞠を見つけてくれた男。あれは、白蛇だったはずだ。

そう思うのに、本当にそうだっただろうかと、彼女の中で違和感が生じていく。

白蛇の威圧に抵抗していた黒呑が、ついに力尽き、狼鬼の姿から、黒い狼の姿に戻った。床に伏せながらも、彼は訴える。

「睡蓮、思い出せ！」

鞠を手にした幼い睡蓮は、赤い瞳の男に抱えられ、屋敷に向かう。別れ際に、彼女は男に名を聞いた。

あの時、彼は何と名乗っただろうか。

大切に胸に秘めておいたのに、彼女はいつの間にか忘れてしまった。

自分を見つめる赤い瞳を、睡蓮は、ぼんやりと眺める。

彼と同じ、赤い瞳。

でも、黒い毛皮。

睡蓮の首が、ゆるりと動く。視線に気付いて微笑む白蛇もまた、赤い瞳。そして、彼と同じ白い髪。

だけど――

「違う」

白い花嫁衣装に身を包んだ睡蓮は、黒呑に視線を戻す。無意識に、手が胸の守り袋を握りしめる。

男は、何と言ったか。

耳鳴りの波を掻き分け、睡蓮は記憶に手を伸ばす。指先に引っ掛かる欠片を、必死につかみ取った。

「泥中に咲く、白い花」

そして、幼い彼女は、なんと答えたか。

「私と、似ている」

締め付けられるほどに強い、頭の痛み。それでも睡蓮は、記憶の欠片を引き寄せる。

「蓮丸様？」

紅を引いた唇が震え、彼の名を紡ぎ出した。

その言葉が引き金だったのか。睡蓮の懐に忍ばせていた守り袋が、輝きを放つ。

光は睡蓮と黒呑を、包み込んだ。

睡蓮の耳に、薄氷が割れたような音が響く。

幾つもの思い出が、濁流となって蘇ってきた。虚ろだった瞳に光が宿り、霧に包まれていた彼女の意識が浮上する。

目を開けると、幼い日に助けてくれた、蓮丸が立っていた。

赤い瞳。白い狩衣。そして、輝く純白の髪。

彼は驚いた顔をして、自分の体を見下ろしている。一しきり確かめると、睡蓮のほうを見た。しばし呆然としていた表情が、ふっと綻ぶ。

「よくやった、睡蓮」

「蓮丸様？　いえ、黒呑様？」

「黒呑でよい。蓮丸の名は、すでに捨てた」

白をまとった黒呑は、睡蓮を庇うように、白蛇との間に立つ。

白蛇は理解できないとばかりに目を丸くして、睡蓮を見つめる。

「辛い記憶を、わざわざ思い出したのか？　いや、それよりも、真名を交わしておったじゃと？　しかも、その縁の強さは何じゃ？」

呆然とたたずんでいた白蛇が、ゆるゆると首を振りながら後退った。

「ふ、不浄じゃ！　かように深き縁を、私以外の雄と結ぶなど、不浄じゃ！　私の嫁が、穢れてしもうた！」

白蛇は狼狽え、怯えた目で睡蓮を見る。周囲にいた大蛇たちも、困惑しているのか動かない。

動揺が収まっていくと、怒りが込み上げてきたのだろう。奥歯をぎりりと噛みしめた。眦を吊り上げ、黒呑を睨む。

「私の嫁を奪うたな！　許さぬ！　皆、その無礼者を捕えよ！」

顔を怒りで染めて叫んだ。

しかし、大蛇たちは動かない。

「どうしたのじゃ？　なぜ私の命を聞かぬ？」

訝しがる白蛇の視線が、御簾の向こうで止まった。睡蓮と黒呑も、白蛇を警戒しながら、そちらを窺う。

「珍しい顔じゃのう」

御簾が上がり、衣冠姿の大蛇たちを従えた、女が入ってきた。

背丈は睡蓮よりも低く、女と呼ぶよりも、女童と呼んだほうがしっくりくる。輝く真っ白な髪。まとう十二単は白なれど、重なる単衣は微妙に色味が異なった。

「菫蛇姫」

女を見て、黒呑が彼女の名を呟く。

「姉上、こちらに来るのは、如何かと？」

祝言は夫婦となる二人と、待上臈の三人で執り行われるのが習い。親族たちに披露されるのは、数日後に開かれる宴の席だ。

白蛇が苦い顔で抗議する。

「すでに場は乱れておる。そもそも、花嫁がおらぬではないか」

「何を仰られる？　花嫁ならば、そこにおるではありませぬか」

白蛇が睡蓮を示すが、菫蛇姫は睡蓮を一瞥することさえなく、首を左右に揺らした。

「その娘はならぬ」

「なぜでございましょう？」

「梛木様の狛犬が番。そなたが手に入れられる相手ではない」

「番ってはおらぬ」

黒呑が即座に否定すると、菫蛇姫は呆れた目を注ぐ。

「梛木様の加護を、得ておるではないか。しかも、妾が頂いた加護よりも強い」

嫉妬混じりの悔しげな顔が、睡蓮の懐に向けられた。思わず睡蓮は胸元を押さえ、黒呑の陰に隠れる。

「黒呑様、あちらの御方をご存知なのですか？」

「菫蛇姫だ。神前の誓いに立ち会ったことがある。機嫌を損ねるなよ？　並の戦神よりも強い」

「ほほ。旦那様が、強い女子が好みと仰ったのでな。少々嗜んだだけじゃ」

「少々？」

黒呑と白蛇の声が重なった。

「妾のことはよい。それよりも、弟よ、その娘は諦めよ。梛木様の加護を得ている者に、手を出してはならぬ」

「その娘を見つけ、娶る約束を交わしたのは、私が先。なぜ、私が諦めなければならぬのです？」

白蛇の瞳孔が、縦に伸びていく。

怒りに染まる弟を見ても、菫蛇姫に恐れはない。気の毒そうに弟蛇を見た。

「そなたが後じゃよ」

「そのようなはずはありませぬ。私は生まれてすぐに、娘と約束を交わした」

「梛木様が身罷られたのは、そなたが生まれるより前のこと。加護を与えられているということは、狛豺と娘が出逢うたは、それより前。諦めよ」

「ですが、まだ番うてはおらぬのでしょう？」

反論はしたものの、白蛇の顔色は、透けるように青ざめている。彷徨う眼が睡蓮を捉え、焦点を合わせていく。

睡蓮は白蛇の目を、真っ直ぐに見返すことができない。

「申し訳ありません、白蛇様。私の心は黒呑様にございます。兄の命を助けていただいたのに、申し訳ありません」

「け、穢れておる！　美しい御魂の娘じゃと思うておったのに、なんとふしだらな娘じゃ！」

怒りの形相となった白蛇が、大蛇の姿を晒し、睡蓮に襲いかかった。

大きく開かれた口から覗く、鋭い牙。毒はなくとも、人間の娘である睡蓮が咬まれれば、ただでは済まないだろう。

「睡蓮！」

黒呑の手が睡蓮を引き寄せ、腕の中に庇った。空いたほうの腕を差し出して、白蛇の牙を受ける。白い狩衣の袖に、赤い染みが広がっていく。

「黒呑様！」

「大したことではない」

悲鳴を上げる睡蓮を、黒呑は表情も変えずに窘める。

「満足したか？　白蛇」

わずかに怯んだ白蛇だが、すぐに眦を吊り上げた。

「なぜ抵抗せぬ？　今のそなたの力であれば、未熟者の私を引き裂けよう」

「白龍様の子に、そのような真似はできぬ。それに、非があるのはこちらだ。本来ならば、睡蓮が白蛇の里に招かれた時点で、俺は引き返さなければならなかった」

人にとっては口約束にすぎなくても、妖にとって契約は、時に命より優先される。

横槍を入れるなど、許される行為ではない。

半妖であり、神に仕えていた彼は、重々承知していた。

「それなのに、俺は諦めることができず、ここまで来てしまった。手に入らぬ娘だと、最初から分かっていたはずなのに」

「黒呑様」

彼の言葉が何を意味するのか。察した睡蓮の心が震える。

独りよがりの恋だと思っていたけれど、黒呑もまた、彼女に恋情を抱いていたのだから。

そんな状況ではないのに、嬉しさで涙が込み上げてくる。

「腕の一本くらい、安いものだ。それで気が済むのならば、遠慮なく噛み砕くがいい」

何度も何度も、彼に救われた。睡蓮の命も、心も。傍にいるほどに、彼を知るほどに、慕う想いは膨らんだ。

許されないと、分かっていても――

睡蓮は白い狩衣の袖を握りしめる。

双眸が、焼けそうなほどに熱く感じた。

白蛇の怒りも、黒呑が傷ついているのも、全ては睡蓮が自分の欲望を優先した結果。

自分に泣く資格などないと、涙が零れぬよう、歯を食いしばり耐える。

黒呑を睨みつけたまま、視界の端に睡蓮を映していた白蛇の眼から、険が薄らいでいく。

牙が黒呑の腕から離れると、白蛇は先程までとっていた、人に似た姿へ戻った。

「わ、私は、楽しみにしておったのじゃ。可愛い嫁を幸せにできるよう、人間のことも、学んだのじゃ」

目に涙を浮かべて、白蛇は睡蓮を睨む。

「申し訳ございません」

睡蓮は黒呑の腕を軽く押して抜け出すと、深く額(ぬか)ずく。

白蛇は約束通り、秀兼の命を救ってくれた。

それなのに、睡蓮は、彼との約束を破る。彼女の命を差し出しても償(つぐな)いきれないであろう、大きな裏切りだ。

真摯(しんし)に白蛇の怒りを受け止め、謝罪する。

「一日も早(はよ)う、迎えられるよう、神力が弱いゆえ無理じゃと言われても、修行に励(はげ)んだのじゃ」

「申し訳ございません」

白蛇は口を一文字に引き結び、ぐっと堪える。それから、大きく息を吐いた。

「もうよい」

首をゆるゆると力なく、左右に揺らす。

「私は穢(けが)れなき、清い御魂(みたま)の嫁が欲しい。悲哀は御魂を曇らせる。美しい御魂を汚すなど、私にはできぬ」

しょんぼりと肩を落とす白蛇(はくだ)の頭を、菫蛇姫が優しく撫(な)でる。

人であれば手の届かぬ高さだが、彼女の本性は白蛇。白い尾を伸ばして上半身を支えれば、容易(たやす)く手が届く。

「しかし姉上。梛木様とはどのような御方なのじゃ？　白蛇は白龍の子。そこらの神に屈する必要はないはずじゃ」

白蛇の疑問は、睡蓮も知りたかったこと。黒呑の様子を確かめてから、耳を傾けた。

「梛木命(なぎのみこと)様。梛(なぎ)の木の化身じゃ。縁を結ぶを得手とする神は多いが、梛木様は、縁を強くする。加護を頂けば、番(つがい)は逃げ出せぬ。我らにとって、この上なく、ありがたい神じゃの」

「それは、素晴らしい神ですね」

「然様(さよう)」

姉弟が梛木命の素晴らしさを褒め称(たた)える。次第に刺々(とげとげ)しかった空気は和(やわ)らいでいく。

睡蓮の視線は、懐(ふところ)へ向かった。

「梛の葉」

大切に持ち続けていた、一枚の葉。その一枚の葉が、彼女と蓮丸の縁を、繋ぎ続けてくれたのだ。

布越しに手を添えると、目をつむり、椰木命に感謝する。

消えた憂いの代わりに胸を埋めていく、焦がれる想い。仄かに熱くなった顔を上げた睡蓮は、表情を強張らせた。

「黒呑様？」

つい先ほどまで、穏やかな微笑を浮かべていた黒呑の額には、玉のような汗が浮かぶ。歯は食いしばられ、眉間には深いしわ。

睡蓮の懐で、輝きを放っていた木の葉が、枯れていく。白は黒へと染め戻され、狼鬼は狼へ姿を変えた。

「黒呑様！」

崩れ落ちる黒呑を、睡蓮は慌てて抱きとめた。温かな体は力を失い、ぐったりとしている。

白蛇と菫蛇姫も、異変を察して黒呑に目を向けた。一瞥するなり、それぞれ笏と扇子で口元を覆い、眉をひそめる。

「酷い姿じゃのう。髪も衣も、そこまで黒く染めるとは。いったい、幾柱の神を手に掛けた？」

「憶えておりませぬ」

「愚かな」

柳眉を下げた菫蛇姫の声には、哀しみが浮かぶ。

「幾ら梛木様への恩があるとはいえ、そのように神殺しを繰り返していては、見逃すわけにはいかぬぞ？」

「覚悟の上。神殺しを犯した妖がのうのうと生きていては、下らぬ考えを持つ妖が出てきましょう。俺は罰せられるべきです」

「黒呑様？」

観念しきった様子の黒呑を、睡蓮は愕然として見つめる。しかし、受け入れることはできなかった。

彼女が知る黒呑は、優しい妖だ。

睡蓮を助けるために、自分を犠牲にすることさえ厭わない。悪戯をした湖獺にも慈悲を与えることを望む。そんな妖である。

我欲で神を殺めるとは、とても思えなかった。

ふと、睡蓮は彼に助けられた日のことを思い出す。彼女たち一行を襲った蝙蝠夜叉を、彼は「荒ぶる神」と呼んだ。

「白蛇様、黒呑様が殺めた神は、私と供の者を襲いました。黒呑様は私たちを助けるために、やむを得ず殺めたのです。どうかご慈悲をお与えくださいませ」

睡蓮は白蛇姉弟に向かって額ずき、許しを請う。

じっと彼女を見下ろしていた菫蛇姫は、黒呑を一瞬だけ目の端に捉え、ふむと頷く。

「なるべく命は取らぬよう、取り計らってみよう。妾とて、この者と知らぬ仲ではないからの。とはいえ、なんの咎めもなしとはいかぬ」

「ありがとうございます」

睡蓮の双眸から、涙が溢れた。

「しかし黒――死に呑まれた者とは、よくも名乗ったものじゃな」

太く息を吐いた菫蛇姫は、睡蓮の前に立つ。

「さて、狛犲のほうはさておき、そなたはどうするつもりじゃ？」

「それは」

睡蓮は、とっさに答えられなかった。

白蛇の嫁となることを拒否したけれど、それ以外の道を考えていたわけではない。

彼女の視線は、無意識に黒呑へ向かう。

「姉上、ここに置いてやることはできませぬか？　人間の世界では、あまりよい扱いをされておらぬ様子」

「それはならぬ。白蛇の番にならぬ人間を、白蛇の宮に留めることは許されぬ」

「じゃが……」

睡蓮は国許で、周囲の人たちから恐れられ、蔑まれる日々を送っていた。そのことを知る白蛇は渋る。

「それでも、この娘は人間だ。人間の世で生きるべきだ」

弟妹の言い合いに割って入ったのは、黒呑だった。

彼の言葉を聞いた途端、睡蓮の胸が、ずきりと痛んだ。彼の言う通りだと思うのに、蹲って、泣き叫びたくなる。

「そうは思えぬがのう」

「そなた、娘のことより己の心配をせよ。母上や他の兄姉たちに、どう説明するつもりじゃ？　皆、そなたが嫁を迎えるのを、楽しみにしておったのじゃぞ？　嫁に逃げられたと知れば、怒りくるうのが目に浮かぶ」

なおも渋る弟蛇に、菫蛇姫は眉を下げて困り顔だ。

睡蓮から、血の気が引いていく。白龍と白蛇たちがその気になれば、金川の国が滅びかねない。

「どうにかならないのでしょうか？」

縋る睡蓮。

菫蛇姫は扇子で口元を隠し、考え込む。

「そうじゃのう。新たな嫁を用意するか。それとも弟が住まう社を用意するか。どちらにせよ、明後日の宴には間に合うまいて」

菫蛇姫と白蛇は、気の毒そうに睡蓮を見る。

けれど睡蓮と黒呑は、僥倖とばかりに顔を見交わした。二人は神を求める社に、心当たりがあったから。

神がいなくなったと嘆き、睡蓮を神に仕立て上げようとした、獅子と狛犬が暮らす社だ。白蛇が新たな神となれば、彼らも喜ぶだろう。

「古びておりますが、ちょうど神様が在さないという神社に、心当たりがございます」

「癖はあるが、御魂が宿った獅子と狛犬。それに小物だが、先代に仕えていた妖たちも残っておる」

黒呑も睡蓮に身を預けたまま、社の状況を補足する。

「古いのは上々。神域を一から作るのは、難儀ゆえの。先代の神に仕えていた者たちがおるのもありがたい。弟はまだ未熟ゆえ、補う者が必要じゃ」

話はとんとん拍子に進んでいく。

それから二日後。

本来ならば、花嫁のお披露目が行われるはずだった宴の席で、白蛇は嫁に逃げられたことと、代わりに新たな社を手に入れたことを、白龍や兄姉たちに告げたのだった。

※

白蛇（はくだ）の嫁という立場から外された睡蓮は、白蛇の加護を取り上げられ、人の世に戻された。

肌を覆（おお）っていた蛇（へび）の鱗（うろこ）は消え、瞳も他の人々と同じ、黒色に戻っている。もう妖（あやかし）を見ることも、言葉を聞くこともない。

元の姿となって戻ってきた睡蓮を見て、加々巳家の者たちは喜んだ。特に顕著な反応を示したのは、彼女の母である、お万の方だった。

「睡蓮、戻ってきてくれたのですね。どれほどそなたのことを思って、涙を流したか」

「母上様……」

「よく顔を見せてちょうだい。嗚呼（ああ）、私の娘だわ。あの化け物ではない」

昔と変わらぬ娘の姿を見て、お万の方は涙ぐみ、睡蓮を抱きしめる。けれど彼女が化け物と呼ぶ存在も、睡蓮自身だ。

睡蓮はずっと、加々巳家の屋敷にいた。それなのに、お万の方も、他の者たちも、睡蓮はいなかったことにしている。

見た目が変わっただけで、人はこれほどにも変わるものなのか。睡蓮の胸に、重いものが淀む。

「ほら、睡蓮はこれが好きでしょう？　たんとお食べなさい」

まるで童を相手にするように、お万の方は、睡蓮を可愛がる。そこには確かに、優しい母の姿があった。

嬉しいはずなのに。望んでいたはずなのに。睡蓮の心は冷えていく。

「あの孤独な日々は、何だったのでしょうか？」

そんな虚無感が、心にこびり付いて離れない。

「私はなぜ、人の世に戻ろうとしたのかしら？」

ぽつりと零れた自問の言葉。

目を閉じると、赤い目で悪戯っぽく彼女を見る、黒い狼の姿が浮かぶ。

「黒呑様」

半妖である彼とは、もう二度と会えない。菫蛇姫は彼の命は助けると言ってくれたが、どのような罰を受けることになるかは、教えてくれなかった。

いったいどうなったのか。辛い思いをしていないか。

想像するだけで、頬に涙が伝う。

「どうか、ご無事で」

睡蓮には、彼の無事を祈ることしかできない。

そんな覇気（はき）のない日々を過ごしている間にも、季節は移り行く。山を紅（くれない）に染める秋は過ぎ、寂しさをまとった冬が来る。

そして――

「睡蓮、喜べ。弓木家と同盟を結ぶことになった」

雪も融け、緑が芽吹き始めたある日のこと。秀兼が睡蓮に声を掛けてきた。

彼女の元気が戻らないことに、彼だけは気付いている。

妖（あやかし）と取り替えられたと誤解されていた間も、彼女を変わらず愛してくれた、唯一の兄。

「父上が、ようやく承諾してくれた」

「おめでとうございます、兄上様」

以前から、弓木家との同盟を押していた彼は、嬉しそうに話す。

仲近と縁を持ったことを、睡蓮は秀兼に告げていない。だからこれは、彼自身の努力の賜物（たまもの）だ。

そう思った睡蓮だったけれど、秀兼はばつが悪そうに苦笑する。

「ありがとう。しかしこれは、私の力ではないのだ。弓木家のほうから話があってな」

秀正は秀兼の説得に応じたのではなく、弓木家からの圧力に屈したらしい。それは武力だけでなく、食糧の融通も含まれる。

睡蓮が旅に出ている間に、幾ばくかの雨が降り、最悪の事態は免れた。とはいえ、作物の収穫量は悪い。冬は越せたが、余裕はなかった。

詳細を聞いていく内に、睡蓮の顔色が青ざめていく。

「どうした？　睡蓮」

「いえ、なんでもありません」

仲近は同盟の条件として、加々巳家の娘を望んだ。

家と家との繋がりを強めるために、娘が嫁ぐのはよくあること。きっと偶然だ。そう思うのに、仲近の笑い声が頭の中に響く。

あの男なら、睡蓮の素性を探り当てたとしても、不思議ではない気がした。

仲近が加々巳家を訪れたのは、桜が山を、薄紅色に染めた日だった。

会合の後に開かれる宴に、睡蓮と菊香も出席するよう命じられる。

「嫌だわ。弓木様といえば、鬼のように怖いと、もっぱらの噂だもの。それに、お年も離れているわ。小田和には憧れるけれど」

菊香が不満を漏らしながら、女中たちに化粧を施されていく。

睡蓮は苦笑を漏らす。

お洒落（しゃれ）好きの菊香だ。都（みやこ）より栄えているという小田和には、以前から興味があったらしい。

「鬼、ね」

睡蓮が知る鬼は、優しい黒い鬼。

対して仲近は——

「鬼のほうが、優しいわ」

獲物は逃さぬ生粋（きっすい）の狩人（かりうど）。

そうして庭園で開かれた夜の宴（うたげ）。山に篝火（かがりび）が焚（た）かれ、桜を照らす。並ぶ御馳走は、金川の幸をふんだんに用いた贅沢（ぜいたく）なものばかり。

加々巳家の威信を示すため、常より盛大な催（もよお）しとなっていた。

末席に加わった睡蓮は、仲近を目にして、居心地悪く顔を逸（そ）らす。仲近も、彼女に視線を向けた。けれど、すぐに興味を失（な）くす。

彼が欲した妖（あやかし）の目は、もうない。黒い瞳の娘など、彼にとって価値はないのだろう。

睡蓮は安堵（あんど）すると同時に、歯痒（はがゆ）いものを感じる。瞳の色だけで、彼もまた、変わってしまった。

秀正と談笑する仲近の隣には、いつの間にか菊香が座り、酌をする。彼女の頬は、仄かに赤い。実際に仲近を目の当たりにして、心を奪われたようだ。

「まあ！　小田和は都よりも栄えていると伺いましたけど、本当に素晴らしいのですね」

「都には劣るだろう」

盃を口に運びながら、仲近は楽しげに笑う。

「当家に娘は、私と姉上様の二人。ですが姉上様は、ようやく戻ってきたばかり。すぐに家を出るなんて、お可哀そう。私が弓木家に嫁いでもよろしいでしょうか？」

睡蓮の名を出した際に、顔をうつむかせた菊香だったけれど、上げた顔には情欲が浮かんでいた。

仲近と妹のやり取りを、何げなく見ていた睡蓮は、そっと席を外す。

長らく一人で暮らしていた弊害だろうか。それとも、恋を失った傷が癒えぬ彼女には、妹の姿が眩しく映ったせいだろうか。

睡蓮の後ろ姿を、秀兼が視線だけで見送る。彼のすぐ近くでは、菊香と仲近の会話が続く。

「姉君殿は、どこかに行かれていたのか？」

「それは、その……」

口ごもる菊香の顔を、仲近が覗き込む。のぼせあがっている菊香は、仲近がまとった大人の色気に抗えず、元より軽い口を開いた。

「姉上様は、妖に拐されていたのです。先日、お戻りになったばかりで」

「菊香！」

秀兼の叱責が飛んだ。

秀正もまた、苦虫を噛み潰したように顔をしかめて、菊香を睨む。ただしこちらは、睡蓮を慮ってのことではない。加々巳家の汚点を自ら弓木家に差し出す、娘への苛立ちだ。

「仲近殿、どうか本気にしてくださるな。上の娘は、しばらく御仏に仕えておりました。昨年、還俗して戻ってきたのです」

「ですが父上様」

「黙りなさい」

地を這うような怒りに満ちた声に、菊香は顔を青くして押し黙った。

そんなやり取りを尻目にして、仲近は膳に並ぶ肴を摘む。

小田和の地にも、海はある。けれど山を挟んだ金川の海とは、産物に違いがあった。

特に大きな赤い楚蟹は、仲近の目を引いたらしい。

長い足が四対に、鋏が一対。甲羅の下方には、黒い粒が付いている。もいだ足の身を箸で解しながら、仲近は何ともなしに呟く。

「なるほど。菊香殿は、妖憑きがお嫌いか」

「誰でもそうでございましょう？　気味が悪うございます」

「菊香！　その口を閉じよ。睡蓮は私の命を救ってくれたのだ。侮辱は許さぬと申したはずだぞ」

　箸の先から、愛らしい唇を尖らせる少女に目を動かした仲近が、ふっと口の端を上げる。途端に菊香が、ぱっと顔を輝かせた。

「仲近様もそうお思いですよね？　妖憑きなど、恐ろしゅうございます」

　同意するはずだと期待している眼差しに、仲近はにこりと微笑んだ。けれど次の瞬間。侮蔑も顕わに、鼻で笑う。

「ばかばかしい。妖ごときを恐れて、戦などできるものか」

　笑みを消した武人の顔に、菊香は瞬きも忘れて息を呑む。

「それに、妖憑きだのなんだのと、根拠のない理由を作り上げて、身内を虐げる者など、信用できると思うか？」

「ですが、姉上様は本当に」

「くだらんな」

　冷たい眼を向け、吐き捨てる。

　もう興味は失せたとばかりに、仲近の意識は楚蟹へ戻った。難しい顔をして、ちまちまと身を解しては、口に運ぶ。隣で青い顔をしている菊香には、目もくれない。しばらくして、諦めたように楚蟹（ずわいがに）から箸を離し、酒を呷（あお）る。

「ああ、そうだ」

ふと、何かを思い出したように、視線を再び菊香に向けた。

起死回生の好機かと、少女が俯（うつむ）けていた顔を上げる。その目に映った仲近の顔には、にやりと悪い笑みが浮かぶ。

「加々巳家から頂く姫は、弟に娶（めと）らせようと思っている。その弟だが、黒い狼（おおかみ）の妖（あやかし）憑（つ）きだ」

菊花を始めとした加々巳家の面々から、顔色が失われた。ただ一人、秀兼だけは、目を瞠（みは）って仲近を凝視する。

「ついでに、俺には鳥の妖が憑いているそうだ」

秀正の手から盃（さかずき）が落ち、菊香の体が震えだす。

仲近の愉快げな笑い声が庭園に響く中、秀兼の口元が綻（ほころ）んでいく。提（ひさげ）を持って膝（ひざ）を進めると、仲近に差し出した。

「どうぞ一献、お受け取りください」

「おお、忝（かたじけな）い」

素焼きの盃を、白く濁（にご）る酒が満たしていく。

宴の席から離れた睡蓮は、一人屋敷の裏手に来ていた。足は自然と、白蛇の卵の殻が祀られる、祠へ向かう。

彼女が住んでいた離れ家は、妖が住んでいた不吉なものとして、早々に取り除かれている。共に暮らした黒い狼の姿も、一人ぽっちの睡蓮を慰めてくれた妖たちの姿も、もう見ることはない。

分かっているのに、何度も足を運んでしまう。

胸にはぽっかりと空いた穴。季節外れの木枯らしが吹き抜けては、心を冷やしていく。

風がどこから吹いてくるのか、彼女は知っている。そして同時に、もう手の届かない願いだと、理解していた。

白蛇の加護を失った彼女は、妖の世界と通じることができない。そして、彼と会うことはないのだ。

鳥居を潜り、小道を上る。

誰もいないはずの空間。そこに、人影があった。

「何を辛気臭い顔をしている?」

睡蓮は言葉も出ない。足を止めて、ただ彼の顔を見つめる。

「どうした？　俺が分からぬか？　容貌は、然して変わっておらぬと思うたが？」

「黒呑様？」

睡蓮が名を口にすると、男はにやりと白い歯を見せた。

鋭い牙はない。頭の角も、毛に覆われた尖った耳も、狼鬼の証はどこにもない。睡蓮の目に映るのは、髷を結い、肩衣と袴をまとった、ただの人だ。

けれど彼は紛れもなく、彼女が会いたいと願い続けた相手だった。

終章

「神様、お人好しですなあ」

「ご主人様、粋ですなあ」

とある神社の本殿で、獅子と狛犬が、嬉しげに尾を振っていた。

二匹の前に座るのは、睡蓮を嫁に迎えようとしていた白蛇だ。彼は微笑んで、二匹の頭に手を乗せる。

「なんの。私が嫁に選んだことで、無駄な苦労をさせてしまったようじゃからのう。この程度、当然のことよ」

「あー、そこそこ。咽のとこ、もっとお願いします」

「あー、そこそこ。耳のとこ、もう少しお願いします」

「こうかのう？」

慣れない手つきながら、二匹の要求に応えて、白蛇は指を動かした。

「妖に罰として肉の体を与える話は聞くけれど、それを逆手に取るとは。あれでは罰ではなく、褒美ですよ？」

「人間の夢枕に立つのは珍しくないけれど、あそこまで使いこなすとは。あれは見習いではなく、玄人の域ですよ？」

「なんのことかのう？」

とぼける主を見上げる獅子と狛犬の尻尾が、いっそう大きく揺れる。

睡蓮が人の世に戻った後のこと。黒呑は神を殺した罰として、人間に堕とされた。狼としての優れた感覚を奪い、鬼としての怪力も奪われる。そうして人間となった黒呑は、妖憑きの人間に託されることとなった。

白蛇は選ばれた男の夢枕に立ち、黒呑と睡蓮を助けるよう告げる。

「人間は夢を、おぼろげにしか憶えてくれん。起きたらほとんど忘れてしまう」

「人間は夢を、理解してくれん。奇妙なほうに突き進む」

獅子と狛犬は、昔のことを思い出しでもしたのだろう。鼻根にしわを寄せる。

二匹がかつて仕えていた神は、何度も人間たちの夢に入り、警告をした。むやみに争わぬようにと。

けれど、神の試みは失敗に終わる。人間たちは、神の言葉を覚えていなかった。それどころか、真逆の意味に捉えてしまう。

夢に神が出てきたのだから、自分たちは正しい。そう思い込み、戦火を広げていく。

結果、多くの命が失われた。

己のせいで、童たちの死期を早めてしまったと、神は嘆き悲しんだ。

「あの人間は、神様の言葉を、はっきりと憶えとった」

「あの人間は、ご主人様の願いを、しっかりと叶えた」

白蛇が夢に入った人間は、黒呑を弟として迎え入れる。間を置かずして、睡蓮のもとにも向かった。二人の縁を結ぶために。

「しかしお前たち、よく神を殺めた妖に、力を貸したのう」

獅子と狛犬は、神を護るのが務め。神に刃を向ける者を、許しはしない。

白蛇が問うと、二匹は顔を伏せる。

「前の神様は、狂うた。でも、何もできんかった」

「前のご主人様は、苦しんどった。でも、見ぬふりをした」

肩を落とす二匹を、白蛇は慰めるように優しく撫でた。

「あの者が仕えておった神は、住んでおった山を、人間の手によって丸裸にされたらしい。眷属の木々を奪われ、自身の依代も奪われた」

多くを失ったその神は、怒りを知った。初めて抱く、燃えるような激情。呑まれて災禍をもたらす。

荒れくるう一方で、その神は己が拾い育てた狼鬼に、助けを求めた。

私を止めてくれ――と。

してもと、あるじ
狼鬼はまず、植物を司る緑龍のもとに出向く。けれどすでに、緑龍の力を以って死を司る黒龍を探す。

主たる神を救うことはできなかった。だから狼鬼は、

主を止めるために。

狼鬼が幼い睡蓮と出会ったのは、その旅の途中。白龍の卵に毎日詣でていた彼女には、龍の匂いが付いていた。その匂いに、引き寄せられたのだろう。

「あの旦那さんは、自分が堕ちることも顧みず、神様を楽にしてやったんや」

「あの旦那さんは、自分が悲しむことよりも、ご主人様を救うことを選んだんや」

二匹は眩しそうに、目を窄める。

自分たちが成せなかったことを成した、黒い狼。二匹の胸に満ちるのは、羨望の念。

悔しげな顔で、獅子と狛犬は空を見上げた。白蛇もまた、釣られるように空を見上げる。

「全ての者が、豊かで幸せに暮らせる世にしたいのう」

昇る朝陽が、世界を照らしていく。

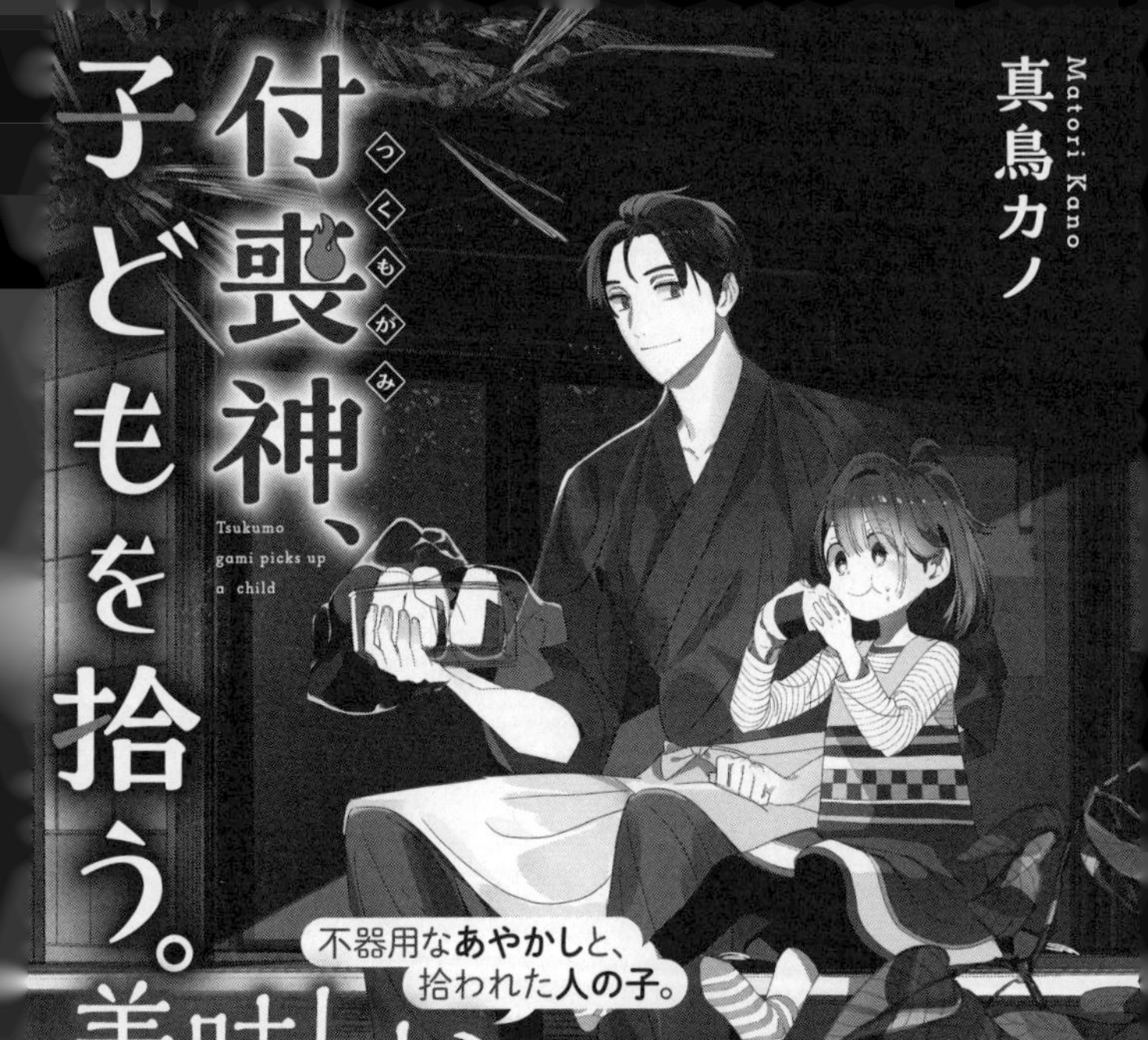

美味しい父娘暮らし

店や勤め先を持たず、客先に出向き、求めに応じて食事を提供する流しの料理人・剣。その正体は、古い包丁があやかしとなった付喪神だった。ある日、剣は道端に倒れていた人間の少女を見つける。その子は痩せこけていて、名前や親について尋ねても、「知らない」と繰り返すのみ。何やら悲しい過去を持つ少女を放っておけず、剣は自分で育てることを決意する――あやかし父さんの美味しくて温かい料理が、少女の傷ついた心を解いていく。ちょっぴり不思議な父娘の物語。

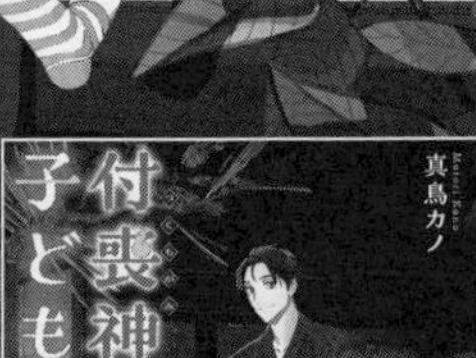

◉定価：726円（10%税込）　◉ISBN:978-4-434-31342-4　◉Illustration：新井テル子

マチバリ
presented by Matibari
公主の嫁入り
後宮の雪は龍の道士に娶られる
後宮で冷遇される少女を救ったのは、
偽りの婚姻。そのはずなのに……
紛うことなき俺の妻
これは、孤独な少女が
龍の道士と幸せ夫婦になる物語——
後宮で生まれ育ち、一度も外に出たことがない孤独な公主・雪花（セッカ）。幼くして母を失った彼女は、先帝の娘でありながら後ろ盾をもたず、虐げられて生きてきた。そんなある日、雪花の兄・普剣帝（フケン）が彼女に降嫁を命じる。相手は龍の血を引く一族の末裔・焔蓮（ヤンレン）。国のため、特別な血筋を絶やさぬよう子を成すのが自らの役目——そう覚悟を決める雪花に、夫となったはずの蓮は意外な事実を告げる。それは、この婚姻は偽りで、雪花を後宮から救い出すためのものなのだ、ということで……？
◎定価：726円（10%税込み）
◎ISBN 978-4-434-31635-7
●illustration：さくらもち

後宮の棘
行き遅れ姫の嫁入り

1~2

香月みまり
Mimari Kozuki

愛憎渦巻く後宮で武闘派夫婦が手を取り合う!?

自国で虐げられ、敵国である湖紅国に嫁ぐことになった行き遅れ皇女・劉翠玉。彼女は敵国へと向かう馬車の中で、自らの運命を思いポツリと呟いていた。翠玉の夫となるのは、湖紅国皇帝の弟であり、禁軍将軍でもある男・紅冬隼。翠玉は、愛されることは望まずとも、夫婦として冬隼と信頼関係を築いていきたいと願っていた。そして迎えた対面の日……自らの役目を全うしようとした翠玉に、冬隼は冷たい一言を放ち――?
チグハグ夫婦が織りなす後宮物語、ここに開幕!

定価:726円(10%税込み)

Illustration:憂

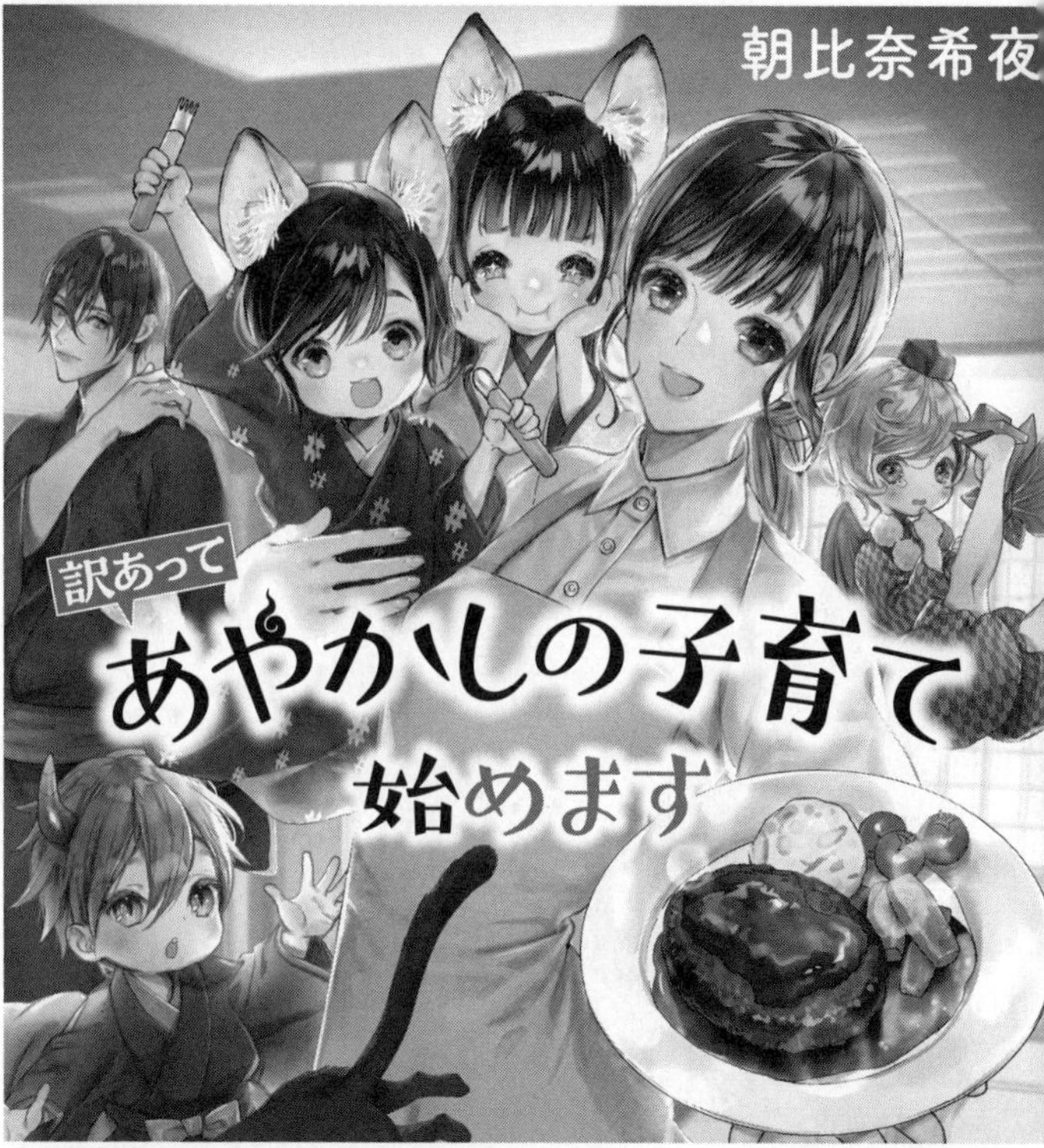

可愛い子どもたち＆イケメン和装男子との
ほっこりドタバタ住み込み生活♪

会社が倒産し、寮を追い出された美空はとうとう貯蓄も底をつき、空腹のあまり公園で行き倒れてしまう。そこを助けてくれたのは、どこか浮世離れした着物姿の美丈夫・羅刹と四人の幼い子供たち。彼らに拾われて、ひょんなことから住み込みの家政婦生活が始まる。やんちゃな子供たちとのドタバタな毎日に悪戦苦闘しつつも、次第に彼らとの生活が心地よくなっていく美空。けれど実は彼らは人間ではなく、あやかしで…!?

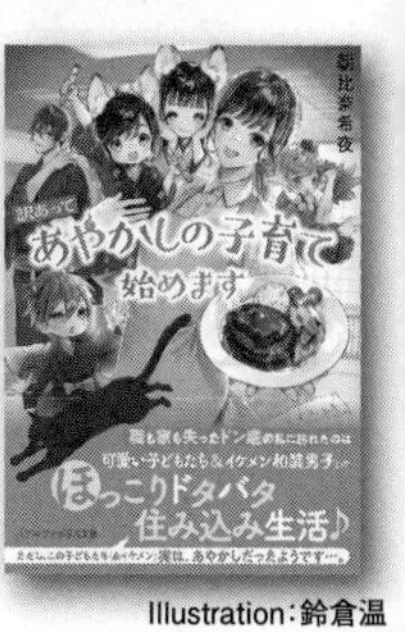

定価：726円（10%税込み）　ISBN 978-4-434-31498-8

Illustration：鈴倉温

この作品に対する皆様のご意見・ご感想をお待ちしております。

おハガキ・お手紙は以下の宛先にお送りください。

【宛先】

〒150-6008 東京都渋谷区恵比寿4-20-3 恵比寿ｶﾞｰﾃﾞﾝﾌﾟﾚｲｽﾀﾜｰ 8F
（株）アルファポリス　書籍感想係

メールフォームでのご意見・ご感想は右のＱＲコードから、
あるいは以下のワードで検索をかけてください。

ご感想はこちらから

アルファポリス文庫

白蛇（はくだ）の花嫁（はなよめ）

しろ卯（しろう）

2023年 3月 31日初版発行

編　集－黒倉あゆ子
編集長－倉持真理
発行者－梶本雄介
発行所－株式会社アルファポリス
〒150-6008東京都渋谷区恵比寿4-20-3 恵比寿ｶﾞｰﾃﾞﾝﾌﾟﾚｲｽﾀﾜｰ8F
TEL 03-6277-1601（営業）　03-6277-1602（編集）
URL https://www.alphapolis.co.jp/
発売元－株式会社星雲社（共同出版社・流通責任出版社）
〒112-0005 東京都文京区水道1-3-30
TEL 03-3868-3275
装丁イラスト－白谷ゆう
装丁デザイン－西村弘美
印刷－中央精版印刷株式会社

価格はカバーに表示されてあります。

落丁乱丁の場合はアルファポリスまでご連絡ください。

送料は小社負担でお取り替えします。


ISBN978-4-434-31740-8 C0193